信報50

精睿傳承。信守未來

科技・未來

科技巨流

18篇得獎報道　見證世界劇變

信報 **50** 周年精輯

目錄

01 Ai大數據

02 超級新人類

03 FinTech危與機

04 工業革命4.0

推薦序一
金融科技的監管挑戰

任志剛

行政會議成員、香港金融管理局前總裁

科技是一個時代巨輪,輾過社會不同領域,無法阻擋,需要好好擁抱,但不能「為科技而科技,為創新而創新」,必須認清發展科技的目標,不能倒果為因。在金融層面,倘若科技的發展是要提升效率,減省障礙,更有效利用資源,便要平衡效率與風險,妥善管理當中的風險,絕不能影響金融安全。

金融科技是近年非常熱門的課題。人工智能、雲計算、大數據、機器學習和區塊鏈等的討論不絕,應用頻繁。虛擬貨幣和元宇宙資產應運而生,如雨後春筍。然而,隨之而來的負面消息,例如破產、倒閉,甚至詐騙等個案卻不絕於耳,繁華背後可能陷阱處處,市民大眾不能掉以輕心,特別是金融監管機構所肩負的角色更是重中之重。

2008年的環球金融危機(global financial crisis),提醒了我們金融創新「字母湯」(alphabet soup)的禍害——即債務抵押證券(CDO)、信貸違約掉期(CDS)及結構性投資工具(SIV)等工具的縮寫。這些嶄新

複雜的金融工具，以糖衣包裝，背後其實隱藏難以承擔的風險，扭曲了金融市場的真正運作和目的。前事不忘，後事之師，今日金融科技所帶來的創新發展，亦值得我們時刻警惕，引以為戒。當中有兩點必須緊記：

首先，金融需要服務實體經濟。金融沒有獨立生命，需要依附在實體經濟，支撐經濟發展，這就是「資金融通」的「金融」本質。同樣地，金融科技發展亦需要以推動經濟前行和社會進步為目的。例如先進、快速、方便的支付方式，就是推動經濟增長，改善人類生活的好例子，否則，純粹的金融發展就會淪為炒賣，所謂金融科技發展，只會是烹調另一碗「字母湯」。

其次，貨幣需要履行基本功能。貨幣具有3個功能：交易的支付、財富的儲存和記賬的工具，需要「安守本份」。貨幣是由主權國家發行的工具，否則不是貨幣，而是「代幣」。名不正則言不順、言不順則事不成，所以虛擬資產作為一種投資工具，投資者需要懂得當中風險，不能只着眼可能出現的回報。

環球金融市場正處於百年一遇的大變局中，風雨飄搖，金融安全至為重要。地緣政治複雜，要在全球化與保護主義之間找出平衡並不容易，困難程度比起2008年的時候更高。隨着科技發展，金融市場的連鎖反應、傳染效應只會更大，例如銀行擠提的危機在手機應用普及廣泛的情況下，只會更迅速，系統性風險更龐大。然而，全球經濟底子在經歷世紀新冠疫情打擊後，已不如當年般深厚，量化寬鬆所產生的通脹後遺症正不斷浮現，各國的經濟增長動力不足，卻要同時承受高通脹壓力，要進行量化緊縮，殊不容易。一些國家債台高築，沒有還

款能力，政府要實施緊縮措施，社會穩定的問題便隨之而起，一觸即發。隨時一個城市打「乞嚏」，全個地區便感冒。

與此同時，全球地區的中央銀行和監管機構既要推動金融科技發展，又要同時確保有效規管，委實並不容易，需要對金融科技充分掌握，洞悉複雜技術背後的肌理脈絡，落點準確，到位拿捏，以達到既不桎梏市場發展，又不縱容風險衍生，更不會產生監管對沖。

《信報》出版《科技巨流》，時間非常合適，當中的文章正好提醒讀者既要擁抱金融科技，又要保持風險意識和底線思維，是一本值得細味閱讀的好作品。金融科技的發展必須好好掌控，風險是要管理，不能因噎廢食，但願一切從金融初心開始。

推薦序二

AI 有危有機難比人類智慧
人機互補共處提升人文素養

何順文

香港恒生大學校長

為慶祝 2023 年 7 月 3 日《信報》創刊 50 周年,信報出版社特別出版《科技巨流》。筆者被邀撰序,作為《信報》長期讀者及作者,深感榮幸,亦藉此衷心祝賀《信報》金禧誌慶,並表彰卓越的《信報》新聞從業員。

過去十多年科技創新大幅改變了我們人類社會。近期生成式人工智能(AI)聊天工具 ChatGPT 的出現,更引起了全球熱潮與關注。2023 年算是 AI 科技的新紀元,或進入 2.0 年代,已引發了第四次工業革命。

AI 將對人類的學習、工作、生活和人際關係產生巨大影響。AI 技術可以為我們帶來更多生產力、便利、舒適和其他福祉。利用 AI Generative Contents(AIGC)生成內容,可撰寫文稿或建議,節省用戶逐項搜尋整理資訊的時間。理論上創科可給予青年人更多更平等的競爭環境,i 世代人應享有比以往更多的發展機會。

究竟 AI 會否令很多勞動力變成過剩和無用？對於重複性高及常規性的文書工作，機器比人類做得更好更快。ChatGPT 甚至可取代很多作家、記者、廣告撰稿員、市場營銷、商業插畫師、客戶服務員、電腦程式員、會計師及律師的技能。

一直以來人類不時擔憂科技進步會令大量勞動人口遭淘汰，影響他們的生計。然而一次又一次證明這從來都是杞人憂天，人類不斷在科技洪流存活下來。事實上當 AI 取代部分工作時，亦會重組或創造很多新職位。AI 也讓我們有更多時間從事其他更複雜、更需創意或對人的工作。未來最「穩陣」的工種將是那些需要原創性、能與人互動相處及具同理心的工作，不會被 AI 取代。科技發展方向，是人盡其才而非取代他們。最重要是我們願意積極適應與學習。

然而，科技是一把雙刃劍，「既能載舟、也能覆舟」。AI 除了會令許多工種和專業逐漸式微或轉型外，它還有一些隱憂，包括容易侵犯個人私隱、程式或數據錯漏帶來的嚴重後果、AI 素養差異導致更多社會不平等、更疏離的人際關係，過分倚賴 AI 令人缺乏自主判斷，以及在系統保安、管治、版權、道德和法律上的憂慮與爭議。我們必須正視 AI 崛起所帶來的種種挑戰，AI 不應被濫用或誤用。

已故英國科學家史蒂芬．霍金曾警告，人類最大的威脅來自科技進步，尤其是 AI。科技發展本來是理智的任務，但也可以失去理智。然而，人類不是要叫停 AI 科技進步，而是必須以人為本，時時從人性出發，並認清和控制 AI 的風險，發揮其對人類文明發展的潛力。

AI 欠缺靈魂意志不能取代人類

AI 機械人能快速搜索拼湊資料、聊天、寫文章、編寫程式、作音樂、文本變為圖像，其文字輸出具某程度連貫性與流暢性，但它不懂也不負責推理思考。視乎算法、大數據及參數的質量，AI 時有錯漏或錯誤推論的情況。ChatGPT 雖能拼湊寫作，但卻未能在較高層次的抽象思維及創意上，提供用戶滿意幫助。

生成式 AI 的輸出質素與輸入質素有關。用戶要自己輸入準確的意圖、要求或問題，更要把輸出草稿內容反覆查核事實、審閱、修改，要能與工具互動一同學習。

人的思考不單是數位 0 或 1 的，還有很多模擬（analogue）的成份。人的認知，是在一個特定情境下，通過身體的感受和行動經驗得來的，而不單是來自腦袋的思考，也來自五官的感知、心的感受，和難以科學解釋的抽象直覺。AI 仍未能學習、模擬或數碼化哭泣、觸覺、味覺、嗅覺、意志等人類特質。

因此，「AI 取代人類」或「AI 超越人類」之說法仍很遙遠。真正使我們成為人類是我們的靈魂（soul），而靈魂是不能運算或程式化的，這是 AI 缺乏、無法觸及而是人類最需要擴展發揮的部分。

AI 算法可監控個人每一步、每個呼吸和心跳，並在很多方面比你更了解自己。如果我們過分依賴科技讓其在我們的生活工作中擁有過多的掌控，我們就會貪方便不自覺經常跟從系統的推薦作選擇，疏於思考，變成失去自主，這或許終有一天人類會被機器利用、操控，甚至

傷害。如你仍希望對你的存在和未來保留多一點自主控制權，你需要比算法走得更快，並比它更早了解自己。也要避免過多依賴 AI 工具，影響自己的讀寫、思考和創造力。

人類的自身智慧才是根本，AI 與人類應存在一種互補關係，我們要學懂如何與機器共事而非被操控。

AI 對教學的影響及新一代何去何從

生成式 AI 已帶來無法逆轉的改變，可加大學習知識深度和更多創意。院校要有一個突破現有思維的教育改革。

由於很難追蹤最終資料來源，ChatGPT 等工具存在學術作弊或抄襲的隱憂，教師要檢視論文的評核方法與內容，以確保評核結果如實反映學生學習過程及成果。有經驗的教師不難識別學生抄襲（例如內容語氣欠自然、重複出現某些語句、出現簡單的事實錯誤，或水平極高令人難以置信）。學校要同時加強監督防止作弊，包括使用更先進的反 AI 抄襲偵測軟件及修訂學術誠信守則等。

香港大學公布暫時禁用 ChatGPT，但也有其他院校擁抱及鼓勵師生使用以輔助學習，盡快提升 AI 素養與鍛煉複雜思考。教育界要急起反思，如何確保學生無論家境及成績，都有學習和使用 AI 的權利。筆者任職的恒生大學讓教師自行在科目內決定是否准許學生使用 AIGC，及使用條件（如學生必須呈交向 ChatGPT 的提問及互動，其生成內容的草稿、學生之後的辨證修改，或進行答辯等）。

院校一直在加強 AI 教研，但我們不需要所有同學成為 AI 專才，他們只需對 AI 原理概念、算法思維及其局限性有基本了解，懂得與 AI 工具相處共事。教師應擔當促進者的角色，引導學生正確理解人工智能，以負責任的態度善用新科技。教師要重新構思科目設計，減少單向傳授或記憶背誦，增加學生動手體驗和相互討論分享，啟發學生思考與解難能力。

在 AI 及互聯網時代，資訊泛濫，媒體亦充斥着即時但偏頗或錯誤的訊息，教師最不需要的就是給予學生更多資訊。學生真正需要的是理解、分析和獨立判斷資訊的能力，並將這些零碎的資訊聯繫起來，形成一個完整的宏觀視野。這正是未來教育的重點。

大學教育的目的，不僅是為了學生獲得更多專業知識技術，以及在畢業後有更好的工作收入，更是為了培養學生的個人價值觀、志趣和可轉移的共通能力。教學要讓他們成為全面和負責任的世界公民，能夠自信地處理未來工作和生活中的挑戰，找到意義和滿足感。對很多大學生來說，在 AI 年代，他們應盡快認真地探索自己（如問「我是誰」？）和個人價值觀。

我相信院校有責任確保 i 世代的學生能裝備下列 5 項核心人文素質（5Cs 素質）：（1）明辨思維（Critical thinking）；（2）創新力（Creativity）；（3）人際溝通與協作（Communication and Collaborations）；（4）人文關懷（Caring attitude）；及（5）持續主動學習（Continuous active learning）。這些都是 AI 機械人難以取代的能力與態度。

AI 已在改變世界，各人要裝備自己，好好應對已到臨的挑戰，充分把握科技新機會。AI 的未來發展，不能單靠科學家和工程師，還要靠人

文社科學者的參與融合。大學教育要帶動科技與人文的結合，令兩者平衡共濟發展，利用科技造福人類社會。

本書輯錄過去十多年來《信報》及《信報月刊》在SOPA、花旗銀行、報業公會及恒生大學傳播學院等新聞獎項的得獎報道。一眾得獎作者致力以專業、及時、清晰和易明的手法持續帶來出色的報道。我謹推薦本書給每位關心科技發展的朋友，相信讀者會被書中的智慧和感悟所啟迪，對科技、經濟、人文與生活價值有另一維度的體會。

推薦序三

超前部署　主動求變

車品覺

紅杉資本中國基金專家合夥人

在人類歷史時間尺上，信息技術一直遵循「指數曲線」進步着。

1946 年，電腦剛被發明，一台終端機要佔用過百呎無塵低溫房間；1970 年代，不斷改進的個人電腦陸續登場（下載文件之慢曾經夠你到樓下吃碗雲吞麵）；1990 年，第一條高速網絡（T1）連結美國與歐洲，開展互聯網時代（我們漸成為數據世界公民）；2007 年，智能手機出現（桌上電腦縮小為掌上電話了）；2013 年南韓宣稱開發出 5G 晶片。

人工智能正以 75 年、50 年、30 年、15 年、10 年的迅速翻騰發展。大家不難想像未來 10 年將有一場怎樣的科技盛宴，我相信這些變化會顛覆人類一直引以為傲的本領：思考、創新、理解和推理能力。

以色列歷史學家哈拉瑞（Yuval Noah Harari）2014 年的著作《人類簡史》（*A Brief History of Humankind*）中提到「數據主義」（Dataism）。數據將被視為任何系統（無論是個人、組織還是社會）的最重要資源。我們可以通過收集、處理和分析大量數據，洞悉社會動態，改善決策

能力、提高運營效率和提升生活質素。數據演算法和人工智能,未來愈顯重要。

《信報》的50周年珍藏版叢書《科技巨流》其中一章專寫大數據,包含多篇得獎報道作品,圍繞大數據與人工智能的技術演變及實際應用,相信有助讀者更好地迎接新時代降臨。

當數字技術進步,數字應用愈來愈普及,就會在不同領域產生大量數據,統稱「數據化現象」(Datafication)。

例如在醫療保健方面:穿戴式裝置可以收集到個人的生活習慣、運動量、睡眠模式和生命體徵等數據。這些數據可用於改進患者護理、追蹤健康趨勢和研發新治療方法。當「所得數據」與「應用場景」之間有一個閉環式的緊密的關係,即是在清晰目標下,能從數據中提煉出的洞察力就更大。針對性的治療方式就變得更可行了。

AI發展將令人類前途一片光明。真的嗎?

聰明的你應已預見,「數據主義」將引發保障私隱和數據安全等風險問題,或因過度依賴人工智能而加劇歧視和社會不公等現象。它輕易處理大量數據,提取有價值的訊息。這令「數據主義」成為現代經濟的重要推動力,但同時亦讓危機四伏了。

「ChatGPT之父」的阿特曼(Sam Altman)預測未來智能的能力每18個月翻一番,他把這個現象稱為「新的摩爾定律」。理由是隨着人工智能迅速的發展,它可自行創造更強大的AI,創新的遞進循環加速了科技革命的步伐,背後數據也在同步指數式增長,數據與智能之間所產生的網絡效應將變得非常可觀。阿特曼指出兩個關鍵問題:

1) 這場革命將創造驚人的財富轉移，強大的人工智能讓許多勞動力（包括腦力勞動）的價格降至近乎零（失業人口因而急速上升）；

2) 政府面對如此迅猛變化，同樣需要敏捷、靈活及有力度的政策改革來分配財富和發展機會。

在大數據時代，同時有「超人類主義」/「超人主義」（Transhumanism，縮寫為 H+）的興起。它支持使用科學技術來增強人類的精神、體力、思考等能力，以克服人類的殘疾、疾病、痛苦、老化和突然死亡等局限。手頭充裕者對超人工智能不免趨之若鶩，但也有人擔憂科技所帶來的長久負面影響，它將成為引致社會貧富懸殊，難以逾越的鴻溝。

如果人工智能可以節省人手，大量減低運營成本，不是會令人類更幸福嗎？

我該問得生活化一點：你喜歡光顧一間由老闆員工一起打拚，充滿人情味的茶餐廳，還是以「二維碼」點餐，由機械人上菜，沒有轉彎餘地的人工智能餐廳呢？

當然，這類民生小事對個人來說，是魚與熊掌各有所愛的選擇，不過政府可頭痛了。因為這關係到機械人搶飯碗的問題，應如何在新經營方式下制定合理的公共政策，在保障就業的同時也關乎稅務與法律改革。

看來，超前部署，主動求變，是現在和未來 10 年的社會課題。無論個人、企業、政府都會被高速的科技所影響。

精明的你，準備好了嗎？

推薦序四

人機協作、空間智慧和同理心：未來渴求的個人素質

鄧淑明博士

香港大學工程學院計算機科學系、
社會科學學院地理系及建築學院客席教授
智慧城市聯盟創辦人及榮譽會長

《信報》50周年誌慶，邀請我為其新書寫序。半個世紀前創報的盛況我未有躬逢其會，今天能參與，感到榮幸之餘，不禁設想下一個50年的景況。

世界經濟論壇（WEF）的《2020未來工作報告》，預期到2025年，8500萬個工作崗位例如會計、審計、行政等會被人工智能（AI）等科技取代。

無怪乎家長都憂心忡忡。美國皮尤研究中心（Pew Research Center）2022年對全球19個國家（日本、南韓、澳洲、英國、美國和加拿大等）的調查發現，七成父母都憂慮子女的「錢途」不如自己一輩。

AI、大數據等科技會否如預言般顛覆世界？我沒有水晶球。然而，我認為不論未來5年以至50年，即使在AI或其他創新科技的普及下，對某些個人素質的需求反而更加殷切。它們有3方面：包括人機協作、空間智慧和同理心。

人機協作

上述WEF的報告預言，多達9700萬新興職位會在未來幾年出現，這些角色需要人類、AI和機械人分工合作。屆時後兩者主要擔任資訊處理和體力勞動的工作。而人類較具優勢的任務包括管理、決策、溝通、人際及人機互動。

因此，提升個人的數碼素養（digital literacy）至為重要，香港政府也看到此趨勢，教育局2023年推出初中AI課程單元，方向無疑正確。不過在繁忙的學業中，一個學年內加入6至7課節、每節35分鐘即約4小時的學習能有多少成效？

如果將AI也應用到學校生活，可以豐富學習內容。例如以AI減輕老師的行政負擔、回答學生常有的問題（據研究，虛擬教學助理可解答四成的學生提問），甚至批改恒常習作（研究指運用AI評分，85%和人類一致），讓老師可以花更多時間在學生身上，而師生第一身感受人機協作，有助反思如何與創新科技共存並創造更大價值的可能。

空間智慧

智慧城市的智慧，在於海量的數據。面對全球數以百億部智能裝置和傳感器收集到的數據，我們需要高效的工具去整理和分析以作全面決策，這非地理資訊系統（GIS）莫屬。它可把分析結果透過圖像顯示，方便與不同受眾溝通分享。GIS可說是結合空間地理知識、統計、數學算式和模型的工具。

在香港，GIS的應用相當廣泛，從運輸署的智能道路網、舊區更新與公共屋邨規劃，到聯合運作平台連繫多個部門防治天災；此外，GIS配合AI和大數據，令人更易發掘深層次的問題，也助消防處分析無人機拍攝的圖像，更快及更準確搜救到行山失蹤者。

另一方面，空間位置數據也驅動新經濟。英國官方的研究指，私營企業如零售、物流、出行等已廣泛運用這些數據，創造不少就業機會，每年可釋放的經濟價值達110億英鎊（約1070億港元）。

雖然如此，具有地理空間專業知識的人才卻嚴重不足。香港也不能幸免，而且隨着一站式數據超級市場「空間數據共享平台」（CSDI）投入服務，人才更趨緊絀。

要解決問題，需從教育入手，因此我期望當局能將GIS加入STEAM（科學，技術，工程、藝術和數學）中，豐富年輕人的解決問題能力，擴大本地的智慧人才庫，為共同建設一個先進的智慧城市而努力。

同理心

智能電話能夠征服全世界，易用是致勝關鍵，這歸功於用戶體驗（user experience，簡稱UX）設計。這種工作融合了數理工程、心理學，以至市場行銷。

數碼科技界長久以來是男生當道，截至2022年，女性僅佔美國科技行業28%的勞動力；但根據人力資源公司Zippia的數據，美國UX設計職位有四成由女性擔任。為什麼？

英國劍橋大學2022年末發表的一項涵蓋57個國家超過30萬人的研究，確認「女性在認知同理心得分上明顯高於男性」，意味着女性更易理解他人的想法或感受，並會利用這些資訊，預測對方下一步的行動，聽起來這就很像UX了，這亦是AI未能做到的。

既然女性有天生的優勢，我們應該將它發揚光大，既為女生爭取更佳待遇，也促進科技的應用發展。不過，在香港，即使近十多年女生一直佔大學學生人數一半以上，但修讀STEM科目的不足四成。就業方面，「資訊及通訊業」的人數由2008年的10.9萬，上升至2021年的13.2萬，但女性員工的比重並無改變，由當年的32%，到13年後比例更微跌至31%。

如果將來我們的競爭對手之一是AI，那麼更應珍視人類獨有的同理心、與人協作的團隊精神，並努力提升這些素質。

《信報》把多篇傑出文章結集成《科技巨流》，兼備香港中外案例和發展機遇。我相信熱衷於未來趨勢的讀者，這本書實屬必讀之選。

01

Ai·大數據

導言

高天佑

人工智能（AI）和大數據（Big Data）無疑是近年最炙手可熱的其中兩種科技概念，尤其是自從ChatGPT這個AI應用程式在2022年11月橫空出世，令很多人驚嘆人工智能已經「智能」到這種地步，不少人甚至擔心醫生、律師、會計師、程式員、作家、畫家、填詞人、記者等工作快將被AI取代。

人工智能與大數據向來密不可分，事關AI程式再聰明，也必須有充足的資料支持其「思考」。就像ChatGPT在誕生初期，回答「英文問題」準確率甚高，「中文答案」卻每多偏差，正因為該程式的中文素材數據庫仍然相對不足。亦因如此，人工智能與大數據的發展不容偏廢，有必要「兩條腿走路」，才可構建一個完善的產業生態圈。

據羅兵咸永道（PricewaterhouseCoopers）研究顯示，到了2030年代初期，美國可能有多達38%就業職位將被人工智能替代。另據AI軟件公司WEBSENSA預測，最高危的十大職業依次為：一、電話推銷員（99%從業員料被取代）；二、會計師（98%）；三、保險和福利經理

（96%）；四、接待員（96%）；五、快遞員（94%）；六、零售銷售人員（92%）、七、校對員（84%）；八、IT維護員（65%）；九、市場研究分析師（61%）；十、廣告銷售人員（54%）。

專家們一般認為，愈是不講求情感互動及思考創新的職業，愈容易被人工智能取代。換句話說，任何工作若能在情感和創新方面帶來額外價值，面對AI搶飯碗的「免疫力」將愈高。同時值得留意，即使高危職業的「被取代率」亦非100%，以「零售銷售人員（92%）」為例，可能在超市、便利店、商場的簡單銷售工作絕大部分將由AI及機械人代勞，但一個銷售員若能與顧客建立良好長期關係，讓對方在「購物」之外還感到「關愛」，則不但可避免丟飯碗，甚至可在冷冰冰的科技世界裏變得更加吃香。

無論如何，既然人工智能和大數據的潛在威力如此強勁，難怪世界各國皆視之為兵家必爭。中國政府在2023年3月推進國務院機構改革方案，重點之一正是成立「國家數據局」，負責「協調推進數據基礎制度建設，統籌數據資源整合共用和開發利用，統籌推進數字中國、數字經濟、數字社會規劃和建設等」。與此同時，大數據安全及私隱保障也備受關注，美國參眾兩院在2022年6月公布《美國數據私隱及保護法案（草案）》（American Data Privacy and Protection Act），旨在平衡大數據產業發展與個人數據安全及權益。

香港特區政府對於人工智能和大數據產業發展也相當重視。財政司司長陳茂波在2023年2月發布的新年度《財政預算案》中，宣布將就建立「人工智能超算中心」進行可行性研究。創科及工業局局長孫東表示，「超算中心」可能需要投資數十億元，預計在2024至2025年投入

營運。孫東指出，該設施除了聚焦於人工智能運算，還有助香港實現「數據港」夙願，並有利於金融科技、WEB 3.0、大學科研、醫療等領域發展，可說是包羅萬象。

香港發展人工智能和大數據既有優勢也有挑戰。一方面，本港擁有多家世界百強大學，教育及科研基礎雄厚，尤其近年地緣政治形勢劇變，不少華裔學者、科學家、留學生及技術人員在歐美面臨更多限制，香港若能吸納這批人才，將有助推進技術研發。此外，在「一國兩制」下，香港始終具有滙聚中西方文化之傳統優勢，法治制度在國際上亦相對受到認同及信賴，因此有條件扮演「數據港」角色，為內地及國際數據提供「進口」、「儲存」、「提煉」、「轉口」等服務。再者，香港除了是金融中心及商業中心，物流、零售、醫療等產業發展也相當成熟，科技業界可從中挖掘不少人工智能和大數據應用場景，讓新舊產業相輔相承，有利於新技術落地化、商業化。

但另一方面，數碼經濟講求規模效益，香港只有700多萬人口，本地人才及市場規模皆相對有限。若要讓人工智能和大數據發展開花結果，絕不容「閉門造車」，必須以開放的胸襟及視野，面對「大灣區」、全中國以至全世界吸納人才及開拓市場。同時，歐美在晶片、設備、技術等方面針對中國實施愈來愈多制裁，假若中外關係進一步惡化，香港恐難避免被波及，屆時勢必對科技產業發展構成重大打擊，政府及各界都要對此做好心理準備。

由人工智能和大數據構築的未來未必盡是美好，部分人擔心將為人類社會帶來災難甚至「末日」。有人憂慮大數據的採集及分析日益細緻全面，有可能助長「數據極權」，讓掌握大數據的政府或企業能夠嚴格監控或操縱民眾。同時，有人害怕人工智能「失控」或「反客為主」，已

故科學家霍金在2014年曾經預言，人工智能若全面發展成熟，恐怕象徵「人類的滅亡」。當然，任何劃時代的新科技發展皆伴隨潛在風險，卻不代表人類要固步自封，相反更應立足當下，穩步發展不忘兼顧安全，為更美好的未來打穩根基，準備迎接人工智能和大數據的大時代來臨。在邁步過程中，人類整體福祉及生活享受有望提高，但所帶來的影響未必平均分布，最能適應新形勢的個人及地區將會成為大贏家，相反則恐怕會淪為輸家。

TikTok 經濟崛起
算法才是王道

第七屆（2022年）
「恒大商業新聞獎」
「最佳商業科技新聞報道獎」
（文字組）金獎

郭顯通

TikTok 是近年在全球年輕人社群中最火熱的社交媒體平台之一，憑歌舞短影片俘虜超過 10 億用戶，躍升之快史無前例。樹大招風，TikTok 惹來官方打壓、同行狙擊，始終無礙其「疫」襲全球的兇猛勢頭。到底這隻來自中國的「超級獨角獸」，憑什麼在短短數年間令西方社媒大台聞風喪膽？

香港人常批抖音「無聊」、「無營養」，但身處「抖音結界」，也許大家做夢都想不到，今時今日的抖音，是多麼有「營養」。

比你想像中更值錢

在美國頂尖學府杜克大學（Duke University），2022年創新及創業學院，便新設一門全學分課程名為「Building Global Audiences」，不過該堂更廣為人知叫「TikTok Class」。

「這堂原意是教社交媒體營銷，只是發現大部分修讀同學，原來都在用TikTok而已。」開辦這門課程的教授Aaron Dinin特意「澄清」，這種「偶然」反映大趨勢。

香港人對抖音（TikTok即抖音海外版）嗤之以鼻，但要報讀「TikTok Class」，則先要過Dinin那關，「只有經我允許，才能選讀這一科」，條件是在過去至少一年有持續在社交平台上發布內容，同時不接收「空降KOL」，而且僅開30個位，收生相當嚴謹，但無損吸引力，同學仍搶破頭想上課。「有些學生原本打算當YouTubers，在課程完結時卻轉用TikTok。」

Natalia Hauser是例子，課堂為她帶來約1.2萬追蹤人數增長，透過與不同品牌合作，她的TikTok賬戶每月能淨賺1000至7000美元，有時甚至一則帖文5000美元，難怪有人話「TikTok Class比MBA更有價值」。

在密歇根大學，原本攻讀金融及會計雙學位的Mark Setlock，在入學3個學期後，決定輟學。他並非一時衝動，只是TikTok改變了他的生涯規劃。此前，他立志畢業後到華爾街做iBanker，不過疫情期間，開設TikTok帳戶「FinanceUnfolded」教人理財知識後，發現從事創作，原來都頗有「錢途」——第一個月已獲6萬追蹤，到2021年12月，月入更達4萬美元，還有不同贊助協議洽談，於是這位年輕人，索性趁後生創一番事業。

作為最受Z世代歡迎的職業之一，TikToker收入當然不只贊助。對於累積一定粉絲人數的創作者，TikTok會根據影片觀看次數等因素，提供「創作者基金」作獎勵，每1000次觀看報酬約0.03美元；同時，可透過在直播中收取虛擬禮物變現，例如ASMR內容創作者Lucy Davis，

每次直播收入在 20 至 300 美元不等；也可與其他品牌合作，進行網絡營銷。

玩 TikTok 絕對可以發達！近年《福布斯》富豪榜已經湧現「00 後富豪」，2021 年 TikToker 中年收入最高的，只是位 17 歲少女——坐擁超過 1 億粉絲的 Charli D'Amelio，年收入高達 1750 萬美元，比年薪 1080 萬的麥當勞 CEO 還要高。

Charli D'Amelio 在 2019 年以自拍舞蹈影片為其 TikToker 生涯揭開序幕，迅速獲得大量關注，隨之而來是無數贊助、廣告，每則贊助帖文最低收費 10 萬美元。

她家更是一門雙傑！姐姐 Dixie D'Amelio 為年收入亞軍，結果兩姐妹合共斬獲近 3000 萬美元，再後面的幾名，亦都是 25 歲或以下的年輕人。而這一切，都在近年炙手可熱的 TikTok 上創造。

TikTok 作為全球冒起最快的社交媒體，在過去 10 季已 8 次佔據全球非遊戲應用程式榜首，並且繼 Facebook 後，成為首個全球下載量突破 30 億的應用程式，但更教 Facebook 害怕的，是 TikTok 以史上最快之姿，達成 10 億用戶的里程碑。

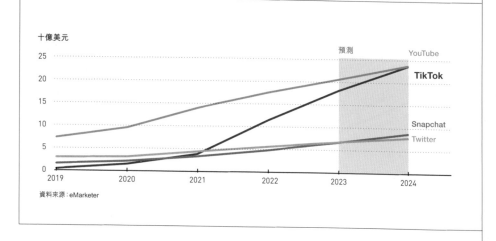

圖1.1.1　TikTok廣告收益預計於2024年趕上YouTube

十億美元

預測　　　　　　YouTube

TikTok

Snapchat

Twitter

2019　　2020　　2021　　2022　　2023　　2024

資料來源：eMarketer

政治、經濟雙重夾擊

不止Facebook，西方幾大科網巨頭都在盯緊TikTok，事關從
eMarketer預測可見，TikTok將會很快搶走他們的蛋糕，2022年
TikTok收入預計達120億美元，主要來自廣告，到2024年，其廣告收
入更會超越YouTube。

TikTok如日方中的氣勢令YouTube早將其視為假想敵。YouTube在
2020年首發「YouTube Shorts」，與TikTok正面交鋒。為了進一步
抗衡TikTok，YouTube將新增方便創作者製作短影片的工具「Edit in
Short」，可見面對TikTok的強勢增長，短影片已成YouTube非常重視

的業務。不少港人看到這裏，也許仍一頭霧水：到底 TikTok 是什麼？
為何有如此大能耐？

TikTok 的母公司字節跳動，坐落中國北京，為全球最大「超級獨角
獸」。抖音最早於 2016 年上線，定位為適合年輕人的音樂短影片平
台，翌年取名「TikTok」進軍海外，同年豪擲 10 億美元併購 musical.ly
壯大版圖，「完全版」TikTok 旋即攻佔各國下載量排行榜之冠，上位力
度驚人。

TikTok 稱王之路，絕非一帆風順，2020 年就是多事之秋，先後被印度
要求下架、因《國安法》撤出香港，還要面對時任美國總統特朗普（編
按：2021 年 1 月卸任）狙擊。然而，TikTok 的生命力顯然比特朗普的
仕途更頑強。經歷內憂外患，仍能負隅頑抗，愈挫愈強，數據已說明
一切──TikTok 主打的 UGC（用戶生成內容）短影片功能，成為全球
社媒爭相仿效的業務，Instagram（簡稱 IG）甚至跟足 TikTok 將自家介
面切換為全熒幕，東施效顰的結果，只換來大量用家聯署要求「Make
Instagram Instagram Again」，畫虎不成反類犬，IG 只得順應民意，
一切回復原狀。

「如果你是一名創作者，目前沒有比 TikTok 更好的選擇。」在課堂上，
Aaron Dinin 會教學生跟品牌談判，甚至告訴他們每單 job，大概可叫
價多少，TikToker 早已悄然成為了「筍工」。難以置信嗎？

「『擁有觀眾』一直是一種真正的職業。」Aaron Dinin 說，即使回到
100 年前，電影明星、運動員都依賴觀眾賺取收入，透過社交媒體「召
集人馬」，就可以從中獲利，換言之，這個「職業」，其實已有逾百年
的歷史了！

疫情成「逆轉勝」關鍵

TikTok在打逆境波，既有國家級力量想扼殺，同時西方大台視之為眼中釘，為何其用戶數量不跌反增，甚至上望15億？「救星」可能連TikTok自己都估不到，就是「疫情」！SimilarWeb的分析一目了然：Facebook雖然是老牌龍頭，瀏覽量依然強勢，但論增長率，Facebook跟TikTok比較，絕對是望塵莫及！在疫症大流行的2020年，TikTok瀏覽量按年增長近600%，而Facebook增長僅3%。自疫情以來，TikTok季度消費者支出節節上升，從2020年第一季的1.88億美元，大幅增長至2021年第四季8.24億美元。

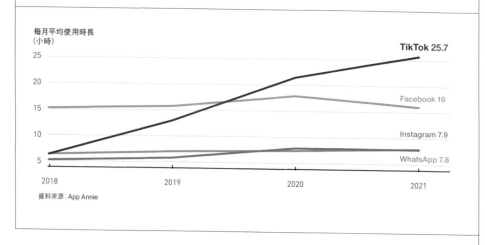

圖1.1.2　TikTok用戶使用時間疫襲Facebook

每月平均使用時長（小時）

TikTok 25.7
Facebook 16
Instagram 7.9
WhatsApp 7.8

資料來源：App Annie

TikTok 何解能成「疫市大賣場」？營商基本邏輯，有人流自然有生意。#TikTokMadeMeBuyIt 是去年最受歡迎 hashtag，TikTok 還順勢推出 #LearnOnTikTok 計劃，鼓勵線上授課，結果一個集娛樂、購物、教育等於一身的「TikTok 生活圈」就此誕生，也解釋為何用戶使用時間會突然大幅度反超 Facebook。

原本在 Facebook、IG 等平台已坐擁超過 10 萬粉絲，Justina Sharp 也在 2020 年加盟 TikTok。她是一名時尚博主，13 歲起已在各大社交平台打滾。

「我認識的許多 IG 創作者都經歷了非常艱難的時期，因為我們不能外出。」疫症猖獗，人們被迫留守家中，對於講究「美感」的 IG 生態，個人版面往往要搭配華衣美食及美景等，才能「呃 like」，所以不能出遊，創作者等同告別流量。

然而，讓 Justina 初嘗 TikTok 流量威力的，只是一條順手拈來取笑爸爸的短片，卻意外獲 2 萬觀看人次，「TikTok 就像正好在 IG 急轉直下的時候找上了我」。另一邊廂，IG 當然想挽留，Justina 便曾收到 IG 電話，親自邀請她多發布 Reels，「我起初以為是詐騙！」對方來意明確，「無非是不想我用 TikTok」，她憶述。

在 TikTok 急速膨脹的同時，Meta 正面臨「人口老化」，2014 年起年輕用戶使用率持續下降。「如果我媽想看短影片，她會看 Reels，因為這是她熟悉的平台，就像年輕人用 TikTok 一樣。」世界上沒有無緣無故的愛，TikTok 深受年輕世代歡迎，是背後施展什麼魔法嗎？當然不是，而是算法。

三招「助攻」平民發達

一、進入市場的門檻低。「TikTok文化本身不鼓勵大製作，想高成本都難。」香港中文大學亞太研究所所長、新聞與傳播學院教授馮應謙，同為北京師範大學創意媒體研究中心主任，早在2019年獲字節跳動邀請，合作研究抖音的「創意勞工」，原因是「抖音為何受歡迎」、「用戶收入及行為模式」，這些自家品牌的市場問題，起初對字節跳動來說都是謎。

「青少年使用社交媒體有特定習性，TikTok文化正中下懷。」馮應謙將TikTok文化與全球青少年文化畫上等號，皆因TikTok影片夠「短」，夠刺激，又可一秒滑走無趣內容，很對年輕受眾的胃口。TikTok首富Charli D'Amelio的成名作，就是一段跟音樂加配舞蹈的15秒短片，拍攝場地只是自宅一角。

這個故事更「勵志」的地方，還在於她爆紅前，原本只是每月向媽媽伸手要零用錢的女孩，結果因TikTok一夜成名。同樣地，Justina未玩TikTok前，從未試過拍片，也很快上手，全因TikTok不用大製作，「甚至不一定需要『製作』，現在我看到5年前根本不可能全職創作的人，也在TikTok上向世界分享他們的內容」。

馮應謙分析，TikTok文化在原初的定位上，就是用手機隨意拍攝內容，「無人期望在TikTok上看大製作，因此沒有所謂『差』的概念」。TikTok的製作成本，是一部電話，「沒有其他社交媒體能做到這一點」。進入TikTok市場門檻低，專為年輕人市場而設短影片亦夠「速食」，滿足了供求雙方心理，這一優勢在疫情下更為突出。

在 TikTok，人人都可以是創作者，人人都有機會變得有名，但在
Instagram，「內容需要完美，反而限制創作」。Justina 認為，「TikTok
有著真實的人類體驗」，更重要的是，她一段調侃「有錢媽媽在公共場
合的樣子」的影片，在 3 天內獲得了 50 萬觀看人次，流量沒有密碼，
只需有實驗精神，你也可以擁有百萬觀眾。

二、內容創作的良性循環。TikTok 算法更能做到供求雙方精準配對，
而不局限於時序。「TikTok 會將我兩個月前發布的視頻推送給用戶。」
Justina 近年經常在 TikTok 上分享有關結婚的內容，追蹤她的大多數用
戶都是對婚姻話題感興趣的人。

TikTok 算法將觀眾帶到他們喜歡的內容創作者，然後形成各自的利基
市場（Niche Market）。有了捧場客，創作者便更有動力創作，然後
TikTok 再把內容推送到更多「識貨」的受眾，流量得以創造，內容百花
齊放。

「全世界 80 億人，無論你的興趣是什麼，我保證至少有 100 萬人對相
同的事物感興趣。」Aaron Dinin 認為 TikTok 良好的算法機制，讓觀眾
看到他們喜歡的內容，做到「百貨應百客」。

另外，馮應謙指出，TikTok 會將創造所得收益大部分回饋創作者，令
創作者不會感到被剝削，「好多社交平台推 post 還要收錢」。

以 Facebook 為例，想加強推廣生活時報上的帖子，要向 Facebook
付費才能向指定受眾推廣，未能靠內容創作賺錢，已先要付錢給
Facebook，而且還不能針對最精準的客群，分分鐘「賠了夫人又折
兵」。由於感覺公平，KOL 更愛在 TikTok 上創作。

→ 馮應謙任教北京師範大學期間，應字節跳動邀請進行有關抖音創作者的研究。

有健康流量，再加上創造流量後的合理分成，形成供求雙方良性循環，皆大歡喜。

話說當時 Musical.ly 增長面臨瓶頸，曾想泊騰訊大碼頭不果，最後還是落入字節跳動之手，「抖音的成功是因為音樂短視頻」的印象自此不脛而走。

騰訊錯失 Musical.ly，自家短視頻品牌「微視」卻一直捱批定位不清，2021 年更傳裁員 70%。騰訊以深耕多年累積的龐大用戶量，本以為微視會飛黃騰達，詎料慘敗給聞名於算法的抖音。在現今世代，社交平台要跑出，算法才是王道。

三、全球在地化。馮應謙強調，TikTok跟抖音，其實是兩回事，雖然玩法一樣，但兩者非常強調自身獨立公司的地位，根據各地文化、法律，各地TikTok的功能會有差異，在地化亦是字節跳動本來就想做到的效果。TikTok會按地理基礎劃分市場（Market Segmentation），有別於YouTube側重全球化，內容基本全球統一，前者強調本土特色，所以內容會更貼近當地潮流。

「本地人只關心本地事，好像我之前在芝加哥教書，我的學生其實只對芝加哥TikToker的活動有興趣，所以其實TikTok不是一個全球話題。」馮應謙分析。「TikTok算法有在地化功能，在不同地區用不同手機號碼註冊，會有幾個版本。」他形容，TikTok營運模式類似麥當勞，「香港麥當勞有雞翼，美國沒有，但麥當勞架構不變」。

同樣地，很多國家的TikTok都不像內地抖音可以「打賞」直播主，而是作為獨立公司運作，所以會因應不同市場開拓「水源」，此正是「全球在地化」（Glocalization）的精髓所在。與此同時，TikTok不以「大台」自居，所以創作者有很大自由度，TikTok不會過分干預。反觀影音平台龍頭YouTube，近年的「黃標」事件就備受爭議。

當YouTube將平台上影片貼上「黃標」，即「不適合多數廣告客戶」，廣告商便不會在該影片下廣告，內容創作者亦不會得到廣告分成。然而，「黃標」準則及審查過程並不透明，充滿「大台」色彩，令YouTuber財路坎坷。

在Facebook更名為Meta之前，公司早以「扼殺競爭」聞名於世，旗下產品如Instagram Stories、Reels都是直接複製競爭對手，財大氣粗的Facebook更喜歡直接收購對手。

根據2020年美國47州檢察長對Facebook提出訴訟的內容，Facebook「犧牲用戶和廣告商的利益」，要麼收購，要麼埋葬（buy-or-bury strategy），在社交網絡市場上，Facebook要壓過一切對手，手握最大話語權。有時候，用戶分享一則新聞，在數分鐘後卻不知就裏被禁言，形成創作者及平台方之間的不對等。

中美兩國「通吃」

Meta身為壟斷全球社交媒體行業多年的老大哥，在時代的洪流衝擊下，面臨着用戶老化，但與TikTok定位本身是不同，其實並非直接競爭，偏偏時下年輕人愛的卻是TikTok。即使用戶基數仍然強大，Meta只能無奈地接受「只有老人才玩Facebook」的基因缺陷。除非砍掉重練，否則不論是推出Reels還是切換全熒幕版面，其實都回天乏術。

TikTok和抖音成功進駐中外市場，吃盡兩家茶禮，另一邊廂Meta卻是永遠不能進入中國市場，TikTok經濟前無古人，而在中美關係日益交惡的政治環境下，相信亦是後無來者，永遠無法被複製的一個「神話」。

數據資本主義興起
BigTech 顛覆美國

2021 花旗集團
傑出財經新聞獎
季軍

鄭雲風

在工業年代，大財閥壟斷稀缺商品謀利；來到網絡時代，卻變成科企壟斷數據。近年科技巨企（Big Tech）不單在資本市場呼風喚雨、大肆兼併，更掌握民眾「富數據」，從而換取巨額收入，甚至左右政治、社會動向。美國的超強地位得益於科技創新，但現時當地眾多深層次矛盾，科技巨企似乎也難辭其咎，分拆這些龐然巨物的呼聲日益高漲。

「如果國會不能要求大型科技公司秉持公平原則，我將通過行政命令親自做。」2020年中美矛盾升溫之際，美國總統特朗普（編按：2021年1月卸任）再度於Twitter發火警告，之不過並非針對TikTok、微信，而是近年主宰美股大牛市的FAAG。連以美股表現為政績的特朗普都出聲，可見科企壟斷的狀況已觸動華府神經。翻查2019年五大科企年報，年收入堪稱富可敵國，加起來相當於全球第18大經濟體，更逆市

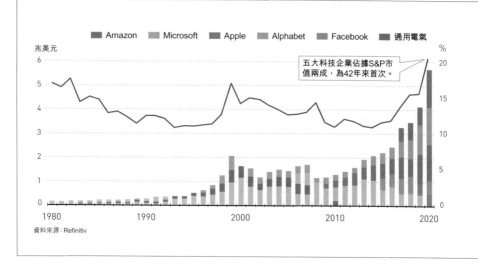

圖1.2.1　五大科企主宰美國市場

Amazon　Microsoft　Apple　Alphabet　Facebook　通用電氣

兆美元

五大科技企業佔據S&P市值兩成，為42年來首次。

資料來源：Refinitiv

主導美國市場。樹大招風，種種批評隨之而起。2020年7月，四大科企巨頭CEO首度出席國會聽證會，遭到多位議員連番質詢，窮追猛打有否壟斷市場，特別是蛇吞象收購中小企的模式最受詬病。

議員或許問錯了問題。這些科企的終極武器其實是「新時代石油」——你和我的數據，最重要的反而不是巨額資金。2018年，牛津大學網絡研究所教授麥爾荀伯格（Viktor）已宣稱，世界正從二十世紀金融資本主義，轉型至二十一世紀數據資本主義，影響之大猶如農業社會變成工業社會。他更表示，未來市場不再由金錢決定，數據才是主宰未來的新資本。

「價格令市場發揮作用，但缺乏細節，並不完美。」Viktor 解釋以往金錢除了儲存價值，亦有提供資訊，但是市場上訊息太多，最終濃縮成唯一指標——「價格」；隨着數碼年代來臨，大量數據流入市場，配合 AI、演算法應用，消費者不單是看到價格，幾乎所有商品資訊都可用作選擇和決策，大幅提升買賣方的配對效率。

這種新資源有價有市，他稱之為「富數據」（rich data）。他強調，若然企業有效利用「富數據」，足以成為一股驅動消費者的力量，因此得數據如得天下，FAAG 的快速崛起正是絕佳例子，「無論在哪裏，我都看到『富數據』市場的成功。」

不過，曾經擔任微軟顧問的他憂慮，如今這些「富數據」掌握在少數公司手中，不利於競爭及創新。「矽谷沒有 20 年前的創新與活力了，因為大公司沒有必要創新，反正都賺到錢。」Viktor 表示，現時大型科企掌握巨量「富數據」，取得經濟成長的果實，卻很容易因壟斷市場而變得懶散。

同一時間，那些規模較小的科技公司，卻難以收集「富數據」。「現在富人與窮人的分別，不只是金錢上，還有數據。」他以 Amazon 為例，正因網購平台規模龐大，能夠輕易獲取大量數據，透過 AI 分析及學習，推出更貼心的服務或產品，繼而吸引更多人光顧，如是者不停循環，「由於『富數據』能夠轉化成大量金錢，意味當數據鴻溝愈大，財富鴻溝愈大。」

羅馬非一日建成。到底科技巨企是如何崛起？它們又是如何利用這些「富數據」跑出？ 2019 年哈佛大學商學院教授肖莎娜．祖博夫

（Shoshana Zuboff）於著作《監控資本主義時代》，首度披露出這些網絡時代老大哥的演進史。

這個長達20年的故事，要由科網股爆破說起。2000年4月，「Dot Com」神話正式破滅，矽谷一片愁雲慘霧，成立僅兩年的Google亦不例外，為了絕處逢生，「逼」出一套廣告模式——先收集用戶搜尋紀錄，透過AI及機器分析他們喜好及未來行為，再將這項「資訊」賣給廣告商。今天這項技術看來不外如是，當年卻是劃時代改變，深受廣告商歡迎。

以上商業模式，正是監控資本主義的雛形。這些使用人類行動數據，但超出提升服務品質用途所得的剩餘價值，祖博夫稱之為「行為剩餘」。更重要的是，這次轉變象徵用戶與科企的關係，已由最初互惠互利，逐步轉化成「極度有利可圖的監控計劃」。行為剩餘成為科企爭奪的珍貴原料。

監控資本主義得以茁壯成長，除了因為行為剩餘是全新資產，外人難以理解箇中運作，祖博夫還歸納出兩大歷史原因。第一是新自由主義庇佑下，政府難以干預市場運作，每當受到質疑，科企往往利用言論自由權，為新發明辯護；第二是「監控例外論」，Google發現行為剩餘那年，聯邦貿易委員會已建議立法管控網絡私隱，但自911恐怖襲擊後，華府立即改變態度，加強監控以保安全；美國情報機關每年更有400億美元資金，定期派人到矽谷探勘最新的監控技術。

多年來，政府與這些監控資本科企關係密切。2008年美國總統選舉中，奧巴馬找來Google前董事長史密特擔當顧問，指導競選團體

彙整 2.5 億美國公民數據，建立出預測模型，影響搖擺州的選民。後來 Google 透明計劃更發現，於奧巴馬任內 Google 與白宮員工互相交換，並參與兩者合作業務。每年這些科企亦向官方投放大量「游說費」，阻礙私隱法出台。

監控資本主義面世後，於科企之間大放異彩，顛覆過往的商業模式。傳統而言，過往企業壟斷商品或服務，可以隨意哄抬價格；但身處數碼年代，大多服務都是免費，科企更希望壟斷行為剩餘，反而關注保護數據供應來源。

其次，這種模式關鍵在於成功預測，科企必須盡可能取得收集各式各樣的人類行為，並且轉化為數據，從而找出更準確預測的演算法。祖博夫便指出，近年科企收購與開發出眾多與本業無關的產品，例如各種穿戴裝置、智能家居、無人車，目標便是行為剩餘。

這些數據看似微不足道，背後發揮空間相當驚人。簡單舉例說，2013 年史丹福科學家 Michal Kosinski 研究發現，單單在 Facebook「讚好」，已經能夠預測個人特質，包括性傾向、政治觀點、宗教信仰、智商等等。現時科企更嘗試利用臉部識別，探索人類情緒甚至是潛意識，務求比你更了解自己。

行為剩餘不但可用於廣告，科企下一步是由網上轉實體，直接改變人類行為。聽起來不可思議，或許你都曾經參與。例如 2016 年推出的 Pokémon GO，這款 AR 遊戲由 Google 分拆出的遊戲開發商 Niantic 開發，曾於全球掀起一股捉精靈熱潮。

當年團隊創辦人接受外媒訪問時承認，公司的收入除了是購買遊戲道具，還有「贊助商地點」——商家付款成為遊戲地圖的熱點，而且按「單次上門計價」，猶如將網上點擊率收費搬到實體。不久後，Niantic 先後與麥當勞及星巴克合作，將店舖變「道館」或「補給站」，吸引玩家光顧。

如是者，正當一眾玩家興高采烈地到這些熱點捉精靈，殊不知在商家眼中，他們才是被馴服的消費「精靈」。雖然祖博夫多番批評這些監控資本巨企，但她並非反科技，而是反對這種監控模式，讓人終身成為提供數據的商品。

「假如工業文明繁榮的代價是大自然，要挾我以地球換取，那麼由監控資本主義所打造的資訊文明，則要求必須掌握人類天性，威脅我們交出人性。」

祖博夫強調，監控資本主義或將顛覆原有的資本主義。第一，資本主義的特質是不可知與自由，但來到數碼時代，市場愈來愈可以預測，再不是由「無形之手」操控，當這些科企同時手握自由與預測的知識，這種優勢是史無前例；第二，過往員工同樣是消費者，與企業是互惠關係；但新模式下消費者的角色大幅減弱，淪為免費數據提供者，皆因預測人類行為、再售予商家才是科企最終目標。祖博夫指出，科企聘用人數，相比舊經濟企業相差甚遠，「在大蕭條的高峰期，通用汽車聘用人數比 Google 或 Facebook 最高時還多」。

她警告，這些監控資本家挖空民主的意義與力量，世界現正迎來一個財富極之不均的新鍍金時代。祖博夫的預言正逐一實現。疫情下美國

貧富差距日益嚴重、民粹主義興起，深層次矛盾更是逐一浮現。科技巨企坐擁龐大收益，市值水漲船高，卻遭團體發現以各種方式避稅，甚至低於美國企業稅稅率（21%）。以上種種現象，足以引來多方不滿。

於國外，因為FAAG屢屢逃稅及壟斷，已經成為各國政府的「眼中釘」。由於擔心美國的監控，2020年9月10日愛爾蘭數據保護委員會（DPC）向Facebook下達初步命令，要求臉書停止將歐盟用戶數據傳輸到美國。

這項禁令的背景是，2018年歐盟正式執行《一般資料保護規範》（GDPR），對數據出口有嚴格規定。但美國國家安全局（NSA）等美國相關機構卻以標準合同條款（SCC）作為法律依據，要求互聯網公司交出歐洲用戶的數據。歐盟2020年7月再「出招」，裁定歐盟與美國之前的數碼互通協議框架「隱私盾」（Privacy Shield）無效。

Facebook率先遭「開刀」，如果不遵守禁令，違規罰款高達其年收入的4%，即28億美元。這意味着，如果Facebook無法將歐洲數據獨立處理，就很可能要放棄這個龐大市場了。此例一開，其他美國大型科企恐怕「他朝君體也相同」。

愛爾蘭數據監管機構在2019年曾表示，已在調查16宗個案，牽涉包括Twitter、Apple、LinkdIn、WhatsApp和Instagram等。

於美國國內，2019年有智庫的民意調查，發現高達三分之二的受訪美國人，均表示希望分拆Amazon和Google等公司，讓未來市場有更多競爭，或者不會為商業利益改變平台內容優先次序。上述調查更顯示，不論是認同民主黨還是共和黨的人，普遍一致支持分拆。

禍不單行，FAAG 亦正面臨美國司法部的反壟斷訴訟，各大州的大規模反壟斷調查自 2019 年已經開展。整治科企是美國兩黨的共識，辣招包括為科技平台設立類似上世紀針對金融業的《格拉斯——斯蒂格爾法案》（Glass-Steagall Act），禁止科技公司經營互聯網平台、與平台其他商戶共同競爭的行為。風頭火勢，Apple 已決定將 iOS 14 系統進一步開放，不再強制限制默認瀏覽器以及郵件，被視為重大讓步。

其實 2017 年至 2020 年 8 月，FAAG 在全球 17 個國家和地區已經至少遭遇 84 起反壟斷調查，其中對 Google 的指控最多。

教會反對大政府　貧富懸殊恐觸發戰爭

對於大型科企逃稅，香港大學亞洲環球研究所所長、金融學講座教授陳志武有獨特見解，他指一般美國公司在不違反美國法律的情況下逃稅，並非壞事。

反而如果過分強調由政府分配資源，沒有人再願意花大量力氣去創新、創業，把餅做大，豈非壞事？他說：「科技公司創造的是新財富，不是從其他人身上掠奪的，即使他們保留大部分收入，還是對社會有貢獻。」事實上，正是這種「激勵機制」使美國在過去 100 年全面領先世界，成就「美國夢」。

不過，新自由主義的副作用是貧富懸殊，陳教授認為這個問題在美國相當嚴重，導致民怨沸騰。2008 年至 2009 年的佔領華爾街屬於小規模預警，現在的「Black Lives Matter」運動才算是真正的爆發。「當然這跟特朗普的鼓動有關係，他不是調停，而是激化。從選舉策略來

講，衝突愈多，對共和黨愈有利，因為共和黨是建立 rule and order 的政黨。」

所謂「物極必反」，近年美國新生代開始接受「民主社會主義」，代表人物是桑德斯，其政見包括開徵富人稅、單一保險人制度的全民健保、公立大學免學費等。熟悉美國歷史的陳志武指出，社會主義在美國歷史上曾經出現。例如 1880 年左右，美國社會曾經出現物資由政府集中分配，也有幾個大食堂，「只是當時沒有『共產』這個詞」。

不過，這些左翼主張在美國沒有真正成功過，最大的阻力來自於宗教團體。

美國早期移民中，大部分是加爾文清教徒，教義強調個人勞動，視財富增值為天職。同時有「先決論」，即在每個人出生前，上帝已經為其安排好命運，俗世政府不能干預上帝的旨意。2019 年美國成年人口中有 43% 自稱為清教徒，是一股強大的力量。

陳教授說：「清教徒和教會領袖強烈反對政府福利、反對大政府，因為宗教教義告訴他們，太多福利以後，教會就被擠掉。北歐、丹麥就是因為政府福利太多了，後來教會的影響力幾乎降到零。」

回看歷史，過往只有兩個方法可以縮減人類的貧富差距，一是戰爭，二是瘟疫，但是新冠肺炎疫情，由於政府干預太多，反而使貧富差距拉大了。聯儲局和各國政府都提供大量流動性，使資本、股票價格猛漲，小市民卻無法分享財富效應。

民怨無法排解，戰爭可能就是最後手段，「中美之間的冷戰容易演變成熱戰」。他說：「未來5至10年，人類社會將會進入一個高風險時期，屆時對於有錢人與他的家庭，規避風險是最重要的。」

董平運籌內容 +互聯網 迎影業變革

第六屆（2021年）
「恒大商業新聞獎」
「最佳商業財經人物專訪」
（文字組）金獎

許鎮邦、陳遠威

2021 年的春節假期，內地因應防疫，鼓勵民眾「就地過年」，並取消大型慶祝活動，入戲院看電影遂成為少數娛樂選擇，令這個黃金檔期首 5 天全國票房收入超過 50 億元人民幣。內地龍頭電影商之一的歡喜傳媒集團（01003）曾炮製不少膾炙人口作品，近年推出自家視頻平台「歡喜首映」，旗下出品百花齊放，被譽為「中國民營電影之父」的主席董平接受專訪時無所不談，由入行經過、「疫」境求變到收藏嗜好，有問必答。

董平讀音樂出身，八十年代畢業後沒有投身樂壇，而是從事外貿，賺到人生第一桶金，「中國改革開放，我們做一些國際貿易、進出口等，1996 年起就不幹這些，因覺得那都不是我想要的」。他始終心繫藝術，決定轉投電影業，「音樂與電影不能分割，一個無聲的電影感染力差很多，光靠台詞和表演，催淚點不夠，再加上音樂，你的眼淚就掉下來了，所以非常重要。」

眼光獨到　作品奪獎無數

那何不當歌手？「我唱歌達不到國際水平，卻喜歡做電影，這個更安全，門檻其實不高，但要做好的電影，就比較高」；好作品除靠劇本、導演和演員，還要時代配合，「九十年代中期，中國開始可以私人參與，以前都是國家做，有這個機會，我就開始。」

審時度勢也要眼光獨到，董平投資首4部戲全由名導演掌舵，包括張藝謀《有話好好說》、陳凱歌《荊軻刺秦王》、李安《臥虎藏龍》、姜文《鬼子來了》，大獲好評。然而，市場開放初期，很多事情尚在摸索，他也曾碰壁：1999年《荊軻刺秦王》在法國康城影展拿到最佳技術獎，翌年《鬼子來了》入圍主競賽單元，當時中國電影局希望電影修改完善後才參賽，可是康城方面時間上已不允許。

任何遊戲都有規則，按當年中國電影局規定，如未經審查通過的影片出境參賽，發行商會被禁從事相關投資等業務，結果董平選擇支持姜文角逐，《鬼子來了》榮獲當年康城評委會大獎，後果是董平的公司承受停業處罰，該齣電影也無緣在內地上書，幸他未有氣餒，不久東山再起，把電影、媒體與資本結合，推出多齣知名作品，包括《港囧》、《讓子彈飛》、《西遊・降魔篇》等，奪獎無數，生意愈做愈大。談到成功秘訣，他謙稱自己天份不大：「在這條路走了25年，我還是站在前端，隨着年齡增長，對電影及市場認識也不同，要不斷尋找最安全、最有效方式，若不與時俱進，做出的東西也不是人們想要，就會落後於時代。」

建自家平台進軍流媒體

一路走來絕非一帆風順，董平形容挑戰不斷：「我覺得困難不是事，挑戰才是事，你要不斷創新就是挑戰，不單電影，現在的網絡劇、互聯網平台，整體都發生巨大變化，隨着時代改變，戲的內容、形式也在變。」

2020年初內地爆發新冠疫情，戲院關閉，原定春節檔期上映的電影均受影響，董平果斷改變策略，與短視頻平台字節跳動合作，把徐崢執導的賀歲片《囧媽》移師線上，「這種挑戰是你面對一個突發事件時，如何改變作品的表現形式；今天我們做流媒體平台（streaming media），我以前是做內容的，雖然做過電影、電視台、報紙、雜誌等，但流媒體平台對我是挑戰。」

他補充：「幸好我們有自己的網上平台，影院不行就轉網上，只要觀眾有消費意願，我覺得沒問題；2020年我們流媒體平台下載人次大概是2700萬，比2019年增長170%。」不過，網上利潤應不及戲院，「直接是少很多，但當你把平台做好，類型會增多，因它沒有時間、場次、分賬限制。」他解釋：「電影在戲院上映，一張票（收入）有60%是別人拿走，在網上則100%都是你的，除了支付流量的寬帶費，這基於平台有多大影響力、有沒有關注度，通過2020年來看，我們整個方向是正確。」

雙線發展下，「現在上映模式有的是影院、有的是平台，會根據內容及投資比例選擇，影院上完，一定會上自己平台，不會在其他平台二次交易。（疫下業界）發生本質變化，今後怎樣，誰也很難去捕捉，還需要觀察。」

拍戲少談政治多講情感

眾所周知，在內地拍戲，很多敏感題材不能碰，這方面他拿捏得相當準確，「政治角度我們把握得很好，不會出現太大偏差，亦不對此特別感興趣，拍的更多是情感、歷史，我們很少談政治，很多（其他）導演有傾向性，會盡量迴避，反而多些有凝聚力、正能量東西；情感對電影來說永不會落伍。」

董平曾入主華億新媒體（現稱華誼騰訊娛樂，00419）、文化中國傳播（現稱阿里影業，01060），歡喜傳媒已是其第三家掌舵的上市公司，他直言不會再做第四家，「歲數不允許我繼續做，這公司是我的奮鬥目標，它與之前的公司不一樣，是『內容＋互聯網』，平台播放是收費的，以前我們的內容是給影院播，獲得票房，再賣給電視台、互聯網。」

他認為，今時今日單純一間內容公司，市值無法跟互聯網內容公司相比，「像迪士尼做網上平台一樣，跟華納前段時間宣布和HBO結合做在線、線下播出，是一樣道理，因為它一旦沒有平台，就只能賣內容。」

電影帶給人歡樂，所以公司叫做歡喜傳媒，「徐崢導演取的名字，『歡喜』是件很美好的事，流眼淚也是種喜悅、是種釋放，有時候難受，隨後的是喜悅，是放鬆的。」大家都說電影業是夢工場，問入行多年的董平有何夢想，他打趣謂做人目標愈少愈好：「閒人最好，只是我閒不下來，不管做什麼公司，我也要把它做好，有責任在內就累了。」

歡喜首映更像「中國版HBO」

隨着電影產業不斷發展，觀眾要求愈來愈高，惟董平強調並非要迎合觀眾，而是「讓觀眾喜歡我們」，「我們跟優酷、愛奇藝、騰訊（00700）不同，他們做的是『超市』，我們做的是精品視頻網站，更像『連卡佛』，我們的目標公眾群是有知識、有一定文化水平的人。」

儘管有人形容「歡喜首映」是「中國版Netflix」，董平直言現時難望對方項背，「個人覺得我們更像HBO，首先我們市值較低，Netflix市值是上萬億元，我們暫時50億元（人民幣，下同）不到，還在奮鬥階段，但平台已被中國觀眾接受，如果說『內容＋互聯網』公司，在中國我們相對更專業。」

那可擔心其他公司趕上「內容＋互聯網」潮流？「他們來不及了，因為一半的導演已在我這兒（笑），我們4年前就準備，2019年首季推出，他們（對手）沒有那麼多內容和導演，我認為內容是生產力，不是有錢就能辦到。中國一年約600部電影，（票房）過億也就20、30部，過10億的只有7到10部。」

「荷里活一樣，不可能全部大片；藝術創作不能批量生產，不能說複製一個再拍一個，那就沒人看了，所以藝術家尤其電影導演，最苦惱是作品不能重複使用。」董平說甚少干預導演創作，由他們決定演員類型，「我們會建議，惟尊重導演選擇，因為不是我們負責拍攝；劇本也是，我們會提出意見，還是尊重導演。」

2020年12月，國家市場監管總局對閱文集團（00772）收購新麗傳媒股權未依法申報「經營者集中」一案，罰款50萬元；問董平會否擔心

針對影視業的反壟斷監管愈趨嚴格，他不以為然：「我們堅決反壟斷，這跟壟斷沒關係，我們是把自己內容放在自己平台，我不願意賣給你，這不叫壟斷；必須要賣給你，這才叫壟斷。」

大力覆蓋智能電視

至於歡喜首映未來發展方向，他覺得作為流媒體平台，一定要覆蓋全面，「像我們與小米（01810）合作，推出小米手機小米電視、華為手機華為電視、創維電視、TCL、湖南芒果TV的合作等，主要為覆蓋每個家庭、每部智能電視，現在新一代都是智能電視，其實就是智慧大屏幕，這樣流量就大。」

對於華為被美國制裁，董平亦有冇怕，「第一，制裁對不對我也覺得很可笑；第二，與我沒任何關係，我們在華為是放內容，內容是我們獨立，他們起的是窗口作用，（那會否引入美國投資者？）也是我們考慮目標，全世界最大的內容生產公司是在荷里活、倫敦，美國電影對中國影響還是很大，文化交流是任何人阻擋不了，只會愈來愈好。」

最愛收藏古玩藝術品

2019年底荷里活知名權威雜誌 *Variety* 發布「2020年度全球娛樂行業最具影響力商業領袖500人」排行榜，董平連續兩年入圍，成就再受肯定。然而，身為電影業大亨的他自言平日並不常常看電影，「偶爾會在家裏看，愛看一些藝術類型，情感戲、偵探戲亦是比較喜歡，但我更為關注市場喜歡什麼。」

重視投資　講求美感

「內地觀眾首選喜劇，其次才是情感戲，然後驚悚戲，可是驚悚戲限制很多，一般來說比較少碰。」他又說很少看自己公司的作品：「不是太願意看，害怕喪失信心拍第二部，我比較喜歡看別人的片，自己的不是說完全不看，在製作過程中會看，只是看不完整。」

不太沉迷電影，工作以外的董平最愛是收藏，辦公室內到處擺放古玩、藝術藏品，「我喜歡美的、有價值和歷史感的東西，會收藏當代的、古代的，文化會更深一些，亦能在拍戲或藝術創作上幫到我。（買古董標準？）首先是藝術價值，投資價值其次，當然其中也有個人口味，我是做電影的，偏向更有趣味、藝術美感的東西。」

「氛圍對生活很重要，我們去咖啡廳，有的地方一杯是10元，有的30元，是不一樣的，30元氛圍值30元，10元的解了渴就可以。」

問及收藏路上曾否受騙，他直認不諱：「走眼是肯定有，但極少數，因為你要相信專家，多學習、多請教；拍戲也有賠錢的時候，拍10部戲以前是5部賺錢，現在可能是8部，慢慢就9部，總有1部看不準，市場變化了，你有時候不知道也是正常的，是否愈來愈進步才最重要。」

港產片失去市場走向沒落

董平1995年來港生活，一直中港兩邊走，疫情期間絕大部分時間留港，遙距指揮北京團隊工作。雖然不太懂說廣東話，但他早視香港為第二個家，以港人身份自居。曾幾何時，港產片在亞洲區首屈一指，

九十年代末期走下坡，董平不無感慨，他認為港產片並非失去從前味道，只因市場問題才沒落。

演員導演轉戰內地

「以前（港產片）可賣給全世界，尤其東南亞，時代不同了，（港產）動作片已經很少，（情感戲也是？）每個地區不同，觀眾口味也不同，中國片到香港沒人看，我見《奪冠》（陳可辛執導，改編自中國國家女子排球隊的真實事件）每天只有 1 場，《我和我的家鄉》也沒幾場，這是文化不同。」董平說。

然而，他覺得港人仍願看港產片，「像最近《拆彈專家 2》就拍得不錯，在內地市場也不錯，香港市場小，且更多人愛看 HBO、Netflix，可以在家裏看，國內是看不到，所以影院、電影與流媒體成為主流。」

那港產片能否重拾以往輝煌，甚至像近年南韓電影般蜚聲國際？董平直言很難：「因為內地有很大市場，香港好的演員、導演都去拍中國戲，環境造就一切，如內地市場不好，香港導演一定會走向世界，但中國市場太好，尤其最近十幾年，他們可以適應內地生活、電影藝術創作，就不需要走向世界；我說的可能跟別人想的不一樣，這就是我和他們的不同，如果我和他們思想一樣，我就是他們了。」

大數據共享時代
全球爭吃「大茶飯」

2020 年花旗集團
傑出財經新聞獎
冠軍

吳永強

大數據應用邁向嶄新階段,從昔日的獨享漸變為共享,通過交叉應用產生更大效能。例如餐廳收集了不同食物銷售數據,若同時取得天氣溫度等資料一併分析,或能發現氣溫冷熱、濕度高低如何影響食客口味。由於企業擁有的數據不盡相同,數據交易所遂應運而生,方便這些被視為「人類新石油」的資源買賣及分享,外國就湧現不少類似交易平台,當中有私營亦有公營,有針對個別專項資料,有些不限種類。

愛沙尼亞降電費　日本中介乘勢起

愛沙尼亞國營能源公司 Elering,多年前已建立數據交易平台 Estfeed,其上載的電錶用量資料並非為買賣牟利,而是冀促進資訊流通,令新的能源公司更易加入市場,方便個人用戶「轉會」,令能源開支減至最低。

歐盟近年推動「Clean energy for all Europeans」策略，目標在 2050 年歐洲達至氣候中性，鼓勵可再生能源併網，希望藉跨國競爭，降低電價。愛爾蘭、荷蘭、德國、丹麥均各自把國內能源消耗數據記錄在同一平台上，但手法各異，譬如愛爾蘭不准第三方電力公司使用其平台數據，丹麥則容許。

愛沙尼亞從 2012 年開始着手發展數據庫及平台 Estfeed，至 2017 年完成全國更換智能電錶，全國用電紀錄加密後接駁到 Estfeed 上，平台亦有天氣、熱能、電力市場價格等相關數據。市民可以從 Estfeed 下載自己的電錶紀錄，亦可以明確指示某能源公司可取閱其紀錄，以便後者給予貼身度身訂造的能源方案，減低電費。

此外，愛沙尼亞全國約 4000 個郵區的能源數據，可匿名供能源公司及大學使用，數據每小時更新，每郵區每年僅售 1 歐羅，大大降低創新能源服務公司入場門檻；另有 38% 國民受惠於電力報價每小時更新，而得享較低電費。

負責 Estfeed 的 Elering 智能電網及數碼化發展經理 Georg Rute 指出，歐洲能源市場本就分散，單是愛沙尼亞現時約有 10 家活躍的能源供應商，而競爭的難度在於能源數據難取，故 Estfeed 首務是統一數據格式，並計劃將此模式輸出到德國，以至全歐洲。

然而歐洲各國法制各異，處理數據的習慣及步伐亦不同。愛沙尼亞的智慧城市基建甚為完整，居民以一張身份證即可處理絕大部分公共服務，Estfeed 亦有接入其智慧城市的系統。「愛沙尼亞人很習慣分享，但很多歐洲人擔憂私隱問題，不想有中央數據庫。」Rute 指即使 Estfeed 符合歐盟《一般資料保護規例》(GDPR) 要求，擴展大計只能按

部就班。Elering 現時已與拉脫維亞、立陶宛、芬蘭等鄰國合作，分享電力數據。

Rute 本身是一家科技企業的創辦人，2017 年回國加入 Elering，主理數據交易平台及整體數碼策略。他認為有關交易平台若有國營背景將具優勢，私營平台則勝在對市場反應敏銳，行動迅速，可惜市面上未見具規模而可行的私營數據平台營運模式。

大數據交易發展不斷加快，日本企業 EverySense 於 2018 年在當地推出交易中心，已跟當地大型旅遊集團 JTB 等 10 個數據供應商合作，通過其交易中心作大數據買賣。EverySense 行政總裁真野浩（Hiroshi Mano）直言：「數據交易在日本開始成為一種趨勢。」

真野浩指出，EverySense 希望能解決到現時大數據分享困難的情況，因資料往往由個別企業自身獲取及擁有，「我們希望讓不同企業、不同的數據匯集起來，創造出新的東西。要做到這效果，就需要一個交易市場，就像股票買賣平台一樣。」

EverySense 定位為中介人，提供交易平台予大數據的買賣雙方。真野浩強調不會購買、出售、擁有或儲存任何第三方的數據，以保持平台中立和公平。數據的定價由買賣雙方自行釐定，EverySense 會向賣家收取成交金額的一成作為手續費。

問到數據買賣雙方為何不自行交易時，真野浩解釋，EverySense 可減省數據買賣雙方的時間，促進交易效率，「若沒有數據交易中心，數據賣家想出售數據，就要四出找買家；而從買家的角度而言，若想找一些專有的數據，又需到處叩門。」

圖 1.4.1　Elering & EverySense 圖

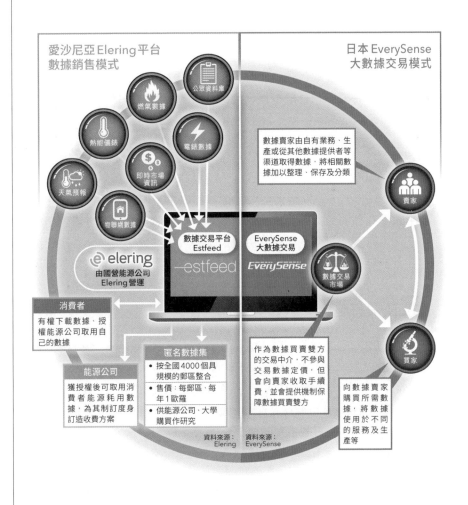

愛沙尼亞 Elering 平台數據銷售模式

- 公眾資料庫
- 燃氣數據
- 熱能儀錶
- 電錶數據
- 即時市場資訊
- 天氣預報
- 物聯網數據

數據交易平台 Estfeed

estfeed

elering
由國營能源公司 Elering 營運

消費者
有權下載數據，授權能源公司取用自己的數據

能源公司
獲授權後可取用消費者能源耗用數據，為其制訂度身訂造收費方案

匿名數據集
- 按全國 4000 個具規模的郵區整合
- 售價：每郵區、每年 1 歐羅
- 供能源公司、大學購買作研究

資料來源：Elering

日本 EverySense 大數據交易模式

數據賣家由自有業務、生產或從其他數據提供者等渠道取得數據，將相關數據加以整理、保存及分類

EverySense 大數據交易

EverySense

賣家

數據交易市場

買家

作為數據買賣雙方的交易中介，不參與交易數據定價，但會向賣家收取手續費，並會提供機制保障數據買賣雙方

向數據賣家購買所需數據，將數據使用於不同的服務及生產等

資料來源：EverySense

除令數據買賣雙方更易促成協議，真野浩稱，EverySense亦提供機制保障彼此權益，例如通過賣家的聲譽及數據更新頻率等資料，讓買家評估數據質素。

同時，EverySense通過配對技術，確保數據買家購得合適資料。他舉例，若買家希望獲取每分鐘統計的溫度資料，而平台上卻只有提供每秒鐘及每小時溫度統計的數據賣家，相關的配對就不會完成。同時，買賣雙方須事前通過審批，始能參與交易，以確保雙方真實性。

傳統商業文化，每每視大數據為企業的重要資產，公司又會否對出售資料的意欲不高？真野浩表示，雖然全球不少數據已被Google、Apple及Amazon等幾間大型科網企業所收集，但日本的情況略有不同，暫未有個別的當地企業能夠收集到大量而廣泛的資料。真野浩補充，日本有不少實用的數據皆由政府掌握，故其公司正與地方政府協商，希望能把官方擁有的數據放到交易中心。

港交所擬打包金融數據變資產

港交所（00388）在《戰略計劃2019-2021》中，把「擁抱科技」列為三大重點之一，當中提及探索建立具規模的大型數據市場（Data Marketplace）。港交所集團戰略策劃主管霍炳光（編按：2020年初卸任）透露，擬把「有可能產生交易訊號」的數據，包括財務及金融相關以至天氣報告等，打包成可以買賣的資產，以配合愈來愈活躍的量化交易（Quantitative Trading）活動。

港交所在《戰略計劃》中解釋，將透過商業定價機制共享數據及分析，並探索大數據商業化模式。霍炳光指出，量化交易涉及的交易指示，往往不只是企業的財務報告或交投數據，甚至有其他非金融資訊，例如衛星圖像和天氣報告等，都可能會觸發和產生交易訊號。因此，港交所正研究把這些金融及非金融數據，一併包裝成完整的數據集，並視作金融產品般買賣。

由於港交所只掌握金融數據，霍炳光稱必須與其他數據來源地和擁有人協商合作。港交所旗下的創新實驗室會尋求最適合應用在數據市場的前緣技術及科技企業夥伴，而其內部亦會各自協調、配合數據市場的建設和運作，推敲出可行的營商模式。

霍炳光強調，數據市場仍然處於概念性階段，暫無特定時間表，國際上亦未見同類型數據市場模式可以參考。一旦成功，該模式將延伸至金融市場外的其他大數據，例如醫學研究和消費習慣等。

港交所行政總裁李小加（編按：2020年底卸任）也曾於網誌上表示，以港交所的公信力，在大數據加密、確權和結算等環節具有先天優勢，完全有可能推動金融市場引入大數據作資產類別，而目前未必須要很大財務投資，但啟動全新市場營運模式一定會充滿挑戰，他對此方向充滿信心。

港交所正探討大型數據市場（Data Marketplace）的發展模式，大數據專家、紅杉資本中國基金專家合夥人車品覺認為，目前環球數據交易所的營運模式仍未完全成形，如法規、數據保護等標準未規範化，香港應趁此機會，爭取成為領導者。「現時（數據交易）未做到風生水起，市場有需要，但沒有一個人能做好准入條件，行業未夠專業化。」

內地雖然有多個數據交易所，惟車品覺指未達專業級數，內地部分大數據的價值更被戲稱為低至「白菜價」，主因有業內壞分子在大數據中摻雜假資料，影響價值及整個行業生態。

車品覺說，香港傳統在司法、會計核數及個人私隱保障三方均具優勢，有條件發展大數據交易中心，建立連接中外數據的可靠平台，「外國企業好想用中國的數據，但又好怕用中國的數據，因為人生路不熟，不明白中國監管制度下，什麼時候才能使用」。

大數據已成為不少企業的重要資產，然而車品覺相信，企業間不同數據結合起來的威力更為巨大；而在整個行業中，尤以「數據即服務」（Data as a Service；DaaS）的潛力最高，發展空間巨大。「未來大部分的公司都需要用第三方數據原材料，去幫助他們進入人工智能或大數據產業，若在市場上有方法取得數據，將有助他們發展。」

不過，車品覺坦言，目前願意出錢購買大數據的公司不多，仍需要教育過程，「當企業明白到數據的好處，你叫他在數據投資上再多投一些錢，就沒有問題，他們自然會明白」。他重申，雖然香港可研究發展大數據交易所，但「不要以為好快會做得很大」。

本港營商文化依然傳統，不少企業視擁有的數據為私有財產，即使自身沒有開發的能力或計劃，亦不太願意與外界合作，更遑論公開數據。要促進數據交流和交易等發展，除有賴私人市場逐步推動改革，政府的角色尤其重要，特別是當局自身就有大量極具價值數據，遠未獲充分利用，故官方大可起帶頭作用，否則縱有數據交易平台「橫空出世」，最終恐落得交投疏落的冷清下場。

近年企業積極通過自身經營業務收集不同數據，如客戶年齡性別、消費能力及模式等，以助制定更貼市的營商策略，不過發展仍多局限於公司內部。而擁有人口、地理、交通及環境等大量兼長期重要資料的政府，在數據共享的進程上十分緩慢。2018年底始見80個政策局和部門發布其首份年度開放數據計劃，確立未來開放時間表，2019年初逾650個新數據集供免費使用。

不過，有關數據開放情況仍未如理想，例如不少數據集是把原本已公開的內容當作新數據分享，缺乏實時資訊，更新頻率慢，部分數據格式甚至不能「機讀」或簡易轉換。假如政府加快開放，或願意把數據放到數據交易所內有序出售，將有利整個行業的交易發展。同時，現時個別企業坐擁龐大數據，卻不願出售或分享，政府應擔當推動者角色，鼓勵企業間買賣或共享資料。

近年本地企業不時爆出個人資料外洩事件，數據交易前其中一項重要程序為「脫敏」，即包括避免把能識別出個人身份的數據在市場上買賣。政府可藉發展數據交易為契機，制定一系列的規管程序及守則，既可完善現時企業處理個人資料的不足，亦可為數據交易所奠定出一套監管措施。

別誇大5G！
技術盲點可肇禍

01-05

第四屆（2019年）
「恒大商業新聞獎」
「最佳商業科技新聞報道獎」
（文字組）銀獎

李潤茵

近年5G一方面被捧上了神壇，神化成無所不能；另一方面在中美科技戰的大背景下，蒙上了政治的神秘面紗。多位專家不約而同指出，5G是移動通訊的一大進步，但絕非劃時代的科技創舉，結合AI的6G時代也許才是值得期待的科技新紀元！

暫走不出圓形廣場的「試車」

登上車廂，扣上安全帶，在平板顯示器上，選定終點後，汽車開始行駛。事前車主已透過生物識別技術，用掌紋及血管取代車匙，啟動了這架車。車上安裝了感應器及360度鏡頭，當有人或障礙物，行近車身約兩米距離，感應器便會傳送數據到控制中心，再即時發出停車指令；最後，只要在平板顯示器「一按」，連「L形泊車」都做到，與指定停車位置，偏離少於1至2厘米。駕駛座上的「司機」，雙手全程離開軚盤。

5G的「低延遲」特性，令系統掌握車速、位置等，避免發生意外；然而目前只能慢速，運輸署規定時速不過10公里，要在限定範圍試行。中移動這架「無人車」，走不出香港科學園的「圓形廣場」，是全球5G發展的通病——實驗室有完美表現，不等於通過市場考驗。

所謂5G（5th Generation）即第五代移動通訊。其能力所以超越前幾代網絡，主要建基於其三大特性，分別為「高頻寬」（峰值速率可達Gbps；4G則約為100Mbps）、「低延遲」（接近1毫秒，近乎感知網絡〔tactile internet〕，即人類反射動作；4G則介乎50至100毫秒）及「大連結」（人與人以外，更讓機器、物件及終端間互連）。

圖1.5.1　5G三大關鍵技術十大應用場景

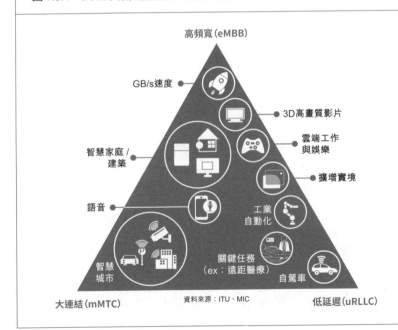

資料來源：ITU、MIC

5G 不可忽略的缺陷

高通公司曾為5G計過經濟價值，預計到2035年可為全球經濟帶來12萬億美元商品和服務，還會創造出2200萬個工作崗位。2019年4月，曾經在3G先拔頭籌的南韓，再次在5G搶閘推出商用。「5G概念」瘋炒背後，有什麼實質應用呢？要找日常生活例子，首推1小時4K影片，5G下載低於10秒，而4G則長達3分鐘。2019年央視春晚，也標榜用5G，傳送4K超高清訊號。

然而，也不能忽略5G的一些缺陷。首先，價值愈高就成本愈高。雖則各國正在部署5G，但其時間表，實際上卻是不斷推後，而道出這個「真相」的人，來自美國貝爾實驗室——首席系統工程師蔡亦鋼，業界稱他為「通訊界愛迪生」。

圖 1.5.2　5G 是什麼及三大關鍵概念

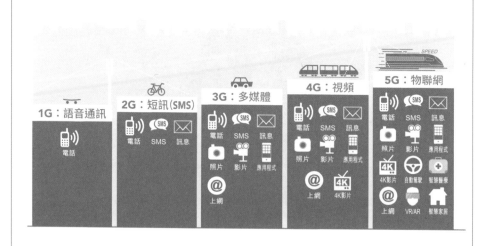

三大關鍵概念

1. 毫米波
（Millimetre wave）

因為現時的通訊電磁波頻譜已經十分擁擠，5G 將朝向更高頻寬與更高頻譜發展，毫米波成為熱門技術。

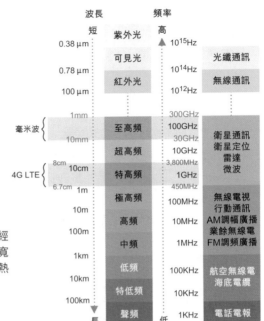

波長 短		頻率 高
0.38 μm	紫外光	10^{15}Hz
	可見光		光纖通訊
0.78 μm		10^{14}Hz
	紅外光		無線通訊
100 μm		10^{12}Hz
1mm		300GHz
毫米波	至高頻	100GHz
10mm		30GHz	衛星通訊
	超高頻	10GHz	衛星定位
8cm		3,800MHz	雷達
4G LTE 10cm	特高頻	1GHz	微波
6.7cm 1m		450MHz
	極高頻	100MHz	無線電視
10m			行動通訊
	高頻	10MHz	AM調幅廣播
100m			業餘無線電
	中頻	1MHz	FM調頻廣播
1km		
	低頻	100KHz	航空無線電
10km			海底電纜
	特低頻	10KHz
100km		
長	聲頻	低 1KHz	電話電報

2. 超高密度小型基地台
（Ultra-dense Small Cells）

毫米波的繞射能力較弱，容易被障礙物阻擋，傳輸距離及覆蓋範圍會相對縮小。因此，相同的覆蓋範圍，5G 要採用多個微型基地台（Small Cell）。

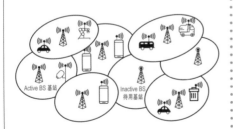

3. 多進多出（Massive MIMO）

MIMO 指的是「多進多出」（Multiple-Input Multiple-Output），即透過多根天線發送，多根天線接收，讓資料傳輸的速度變得更快。

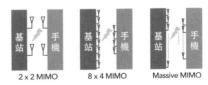

2 x 2 MIMO   8 x 4 MIMO   Massive MIMO

延期原因說穿了是「錢」一個字，關鍵是設備貴，背後牽涉到物理定律：光速＝波長 × 頻率。光速是世上最快，也是固定值，所以按物理特性，頻率愈高，波長愈短。

5G 關鍵技術「毫米波」顧名思義，傳輸距離短，皆因高頻訊號指向性較強，當遇到障礙物時，往往會直接穿過，消耗能量令距離縮短，同時意味「繞射能力」差，莫說是建築物，連人都會令訊號受阻，而解決方法得靠第二種關鍵技術「小型基站」，但問題在於「5G 比 4G 頻率高 4 倍，基站最少增加 4 倍」。

其次，應用愈廣，持份者就愈多。回顧幾代移動通訊，3G 面世，蘋果緊隨推出幾代 iPhone；到 4G 時代，智能手機加應用程式造就 Facebook、YouTube、Instagram，還有中國的阿里巴巴、騰訊及京東等都受惠；外界預期 5G 將進入「萬物互連」時代。

不過，許多 5G 的可能應用還停留在「願景」階段，其中一大門坎是「法律問題！」城市大學電子工程系副教授曾劍鋒，遂以「無人駕駛」作解釋：「若然發生意外，無人駕駛沒有駕駛者，究竟應該追究誰的責任？汽車生產商抑或乘客？還是軟件開發商？」長期跟進「智慧城市」，他指 5G 是徹底改變遊戲規則，變相觸及不同範疇的既得利益者，包括要「重新修訂保險及法律，並釐清數據擁有權」。

而且要形成「萬物互聯」，前提是全城安裝「小型基站」，通訊商曾屬意「掛在路燈」，「全香港有 16 萬盞路燈」。曾劍鋒解釋選擇路燈，首要考慮電力供應，但同時引發「搶電」爭議：「路燈屬於高速公路，運輸署害怕這樣做會干擾原有照明，構成交通意外。」

其次是承托力問題，皆因「小型基站」相當具「重量」。雖然比起半個雪櫃大小的4G基站，5G體積已減磅不少，然而「即使是華為製造的基站，仍然重幾十公斤」，若目標是置放於路燈、高牆等，仍然有待「減磅」。香港大學電機電子工程系助理教授黃凱斌解釋。

為什麼「小型基站」都那麼重呢？原因是它動輒達250支天線，背後與5G第三種關鍵技術「多進多出」（massive MIMO）有關，「現在4G基站，天線最多8支，你家中的路由器（Router），可能只有3支」。

黃凱斌解釋，天線愈多支援用戶就愈多，原理是「每人速度增加4倍，手機最少就要4支天線，若有10人，總速度就增加40倍，基站最少要40支天線」。如是者，魚與熊掌很難兼得。在美國，高通製造的「小型基站」較輕盈，但頻率也較低，因為天線也較少。

圖1.5.3　5G點對點發射　信號高度集中

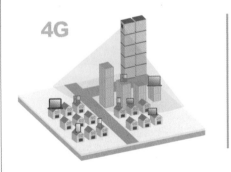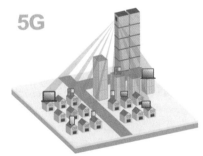

4G採四周發射方式傳遞訊號，大量電磁波能量因而浪費；5G則進化為「波束成型」（Beamforming），傳輸由全向性轉化為指向性，達到延長傳送距離、減少訊號干擾兩大優點。

在黃凱斌眼中，5G 技術最大特點，也是最大盲點——正是「低延遲」。「時延一毫秒是最理想的數字，類似人的反應時間，但這狀態並非保證」，黃凱斌是無線通訊專家，很了解「測試與實際使用，完全是兩回事」，輕易就舉出幾種狀況，連下雨都會干擾信號，皆因濕度會產生影響，更莫說建築物、用戶擠塞都會干擾。

另外，還有「過站」（handover）問題。他舉例說，假設有人正在駕駛超速跑車，訊號正常會從 A 基站，傳送到 B 基站，一切順利的話，當然沒問題，但若然 B 基站很擠塞，那架車過站時延就會增加，分分鐘會斷線，「因為訊號是由基站過基站，而不同基站連接用戶都不同，所以你無法預測狀況」。

遙距手術更是遠未成熟。「大陸有人聲稱可以做到並不真實，他們極其量只是看影像給意見，並非實時使用機械手；相反，毫米波的傳送速度最多不能超過 300 公里，超過這個距離已經會多於一毫秒，而且還要由基站過基站，所以目前還未能達到感知標準。」

4G 延遲了，最多就是下載影片慢了、玩不到微信，甚至視像會議畫面不清；然而，5G 任務耽誤了，卻涉及車禍、醫療事故，難怪黃凱斌意味深長說：「對 5G 太樂觀，有機會形成災難啊。」

輻射比 4G 低　不等於沒傷害

在美國三藩市灣區（The Bay Area）數公里外，富裕城鎮米爾谷（Mill Valley）的議會去年通過了一項緊急法案——禁止電訊供應商在住宅區建設小型 5G 無線通訊塔，理由是當地居民擔心健康受損，有關法令即時生效；在中國成都，有小區業主深怕基站輻射，不但拒絕運營商增

設，更破壞基站設備，電訊商遂斷網報復，「鬧劇」連官媒都有報道；在芬蘭，埃爾茨（Helena Ertz）市民則聯署阻5G……

無論是中國、美國，抑或北歐，民眾都將5G與輻射聯想在一起。隨着各國陸續部署5G，無線通訊危機再起爭議，皆因時至今日，沒有醫學報告證明，它究竟對健康有沒有傷害。

「輻射是有標準的，但視乎每個地方採用什麼標準。」至於香港，則採用國際非電離輻射防護委員會（ICNIRP）所制定的非電離輻射限值。

「輻射」實際上分兩種：「游離輻射」（ionising radiation）及「非游離輻射」（non-ionising radiation）。前者在穿透人體時，或會嚴重傷害到DNA，導致癌細胞形成，明顯對人體有害，例如核輻射；後者則具爭議空間，也是今次討論主題，「有沒有人會因而感到不適呢？答案是有的。」城大電子工程系副教授曾劍鋒說。暴露在電磁波下，有些人會心跳加速、頭痛頭暈、疲勞焦慮，甚至記憶障礙等，種種不適症狀原來都有科學解釋，皆因「每個人其實都是『阻抗』」。

曾劍鋒指出：「若然一個人的電阻值達50歐姆，相比只有5歐姆的人，前者對輻射敏感度會較低，身體未必感覺到輻射。由於人體電阻值因人而異，結果不同人就有不同感受。」

他進一步表示，「阻值」乃天生，「高矮肥瘦會有影響、體內血管神經結構都有關係」。

所謂輻射就是在燒細胞，情況實際就「好似煲水般」。曾教授解釋，問題就在於「介電加熱」（Dielectric Heating），其道理就似起初剛剛開

始用火燒水，即使放隻手在煲內，感覺也不會太大，直至溫度慢慢上升，甚至進一步達到沸點，人就會有感覺。

輻射原理也很相近，「若非燃燒時間長，你並不會感受到，因應各人不同沸點，有人較快感受到，有人較慢感受到，導致有些人感到不適，有些人卻沒感覺」。儘管如此，他提醒，身體某部分地方確實比較脆弱，例如眼睛及生殖器官，所以需要多加保護。

不過話說回來，5G 實際比 4G 輻射較低，原因是「自從 3G 以後，手機因制式不同，而降低了功率」。例如在 2G 年代的 GSM，其峰值功率，脈衝可達到 1 瓦特，然後到 3G，已降至 400 毫瓦。曾劍鋒說：「如果你跟基站距離達到 10 米，大概已經跌到 1%，更加小機會構成危險。」

港大電機電子工程系助理教授黃凱斌補充：「為什麼 5G 比 4G 多幾倍天線呢？正因為信號高度集中，點對點傳送，所以功率不用太強；相反，以往沒那麼多天線，信號四方八面發射，往往要透過提高功率，來增加信號質量，結果對人體影響反而更大。」

輻射比 4G 低不代表就能輕視，黃凱斌不建議在封閉空間打手機，例如升降機及地鐵，「兩個地方都沒有基站，但有時在電梯內，仍然見到手機顯示微弱信號，若然堅持繼續打手機，由於要維持連線，只能提高功率」，結果功率會突然暴增。他建議，最好不要在沒基站、開放信號連接下堅持打手機。

5G 已 Out　6G 配合 AI 才是未來

對於香港大學電機電子工程系助理教授黃凱斌來說，炙手可熱的「5G概念」，原來已經是舊課題，「5G最理想的狀況，實驗室已經完成，至於如何落地，就交給市場自己解決」。他向記者透露：「學界現在已開始研究6G、7G了！」相對5G，6G既可支持AI，基站亦可虛擬化，除了解決技術盲點，也能消除國家安全的憂慮。

什麼是6G呢？目前尚未有相關定義，業界也是近5年才開始研究。儘管如此，黃凱斌認為，6G關鍵詞將會是自動駕駛及AI，「意思即是拿到數據後，怎樣翻譯成人工智能。5G沒有AI在內，但6G會支援AI概念」，而他與團隊正在研究終端人工智能（Edge AI）技術。

簡單來說，相對雲端人工智慧（Cloud AI）而言，終端人工智能就是，反應速度更快、更利於保護私隱、連接體驗更好及功耗更低──「這是Google、微軟都關心的課題。」黃凱斌便透露，自己的團隊已經跟中興及LG合作。

事實上，這個原本屬於教科書的詞彙，所以能夠一躍成為話題，全因2019年2月美國總統特朗普（編按：2021年1月卸任）在Twitter發帖指「希望盡快在美國推出6G。它將比現行標準網絡更強大、更快速、更智能」。雖然相關技術還未存在，但可預示6G比起5G，將會使用更高端頻段，意味覆蓋同樣範圍，6G需要基站數量將會更多；其二就是基站將會虛擬化（base station virtualization）。

黃凱斌解釋，現時部分 5G 基站都已經「半虛擬化」，「主機放在數據中心，部分信號則由軟件處理，好處是基站可以縮小（基站往往因為需要安裝散熱器，導致體積很大），更可以降低成本」。

用軟件取代硬件建立網絡，他形容是「大勢所趨」，皆因這一來符合成本效益：移動通訊每代更替，總會重新置換所有基站，花費甚巨，相反更新軟件成本較低。

二來可以消解政治憂慮，黃凱斌分析：「現時中美爭議在於，美國擔心基站，無論硬件抑或軟件都由中國製造，將構成對國家安全的威脅，因為軟件可隨時更新，主導權掌握在對方手上。相反，若所有基站及網絡都虛擬化，整套軟件都屬於本國政府、本地通訊商，而非他國設備供應商，如是者相關安全憂慮，自然可迎刃而解。」他說：「用軟件網絡、虛擬化基站既是美國的意向，同時也是 6G 的發展趨勢。」

歸納無線通訊史，可找出一個規律，就是「雙數代」往往比「單數代」更成功。例如 1G 流動通訊的 AMPS「大哥大」，雖則是劃時代的發明，但從實驗室走到市場，也要到俗稱 GSM 的 2G，才真正普及；3G 在互聯網披荊斬棘，但移動通訊還是到 4G LTE 才發揚光大。

5G 會否也是「過渡技術」？物聯網要等到 6G 來臨才能實現？教授的答案就是「從 1G 到 5G 的發展難以清楚分界，通訊技術的演變是一個過程」。

AI 秒殺黑天鵝

香港報業公會
「2016年最佳新聞獎」
「最佳經濟新聞寫作(中文組)」
優異獎

李海潮

2001年公映的史蒂芬史匹堡巨片《A.I.人工智能》(*A.I. Artificial Intelligence*),描述地球暖化導致沿海地區被淹沒,人口增長受到抑制,為了維持及提高生產力,於是大量生產具有人工智能的機械人。隨着AlphaGo在2016年輕易擊敗李世乭,加上機械人技術日趨成熟,AI電影情節已逐漸變得這麼遠那麼近,其中金融界積極研究的「人工智能股神」更可能快將登場。

全球最賺錢的對沖基金及投行都在爭奪電腦程式專家,開發電腦操盤手。規模最大的對沖基金Bridgewater在2012年已從IBM人工智能部門挖角,研究自家炒股程式。對沖基金Two Sigma及英仕曼AHL以至投行貝萊德(BlackRock)也積極向矽谷招兵買馬。有獵頭公司直言,人工智能程式員一度是財金界最搶手的無形資產(Intangible assets)。

坊間的電腦程式投資林林總總，主要透過分析資金流向、基本因素、技術走勢，結合歷史與統計概率等宏觀及微觀數據，快速計算出回報最高的產品與組合，但多以分析趨勢為主。德國科技公司 Neokami 研發的可預測股價走向的應用程式 App，聲稱能在數秒內分析百多萬項數據，快速揀出心水股份，準繩度達到 75% 至 95%。Neokami 曾經承諾研究成功後，有關應用程式將向公眾開放，期望幫助散戶透過投資股票獲利。（編按：Neokami 後來被另一家德國公司 Relayr 收購，股票分析應用程式未如期面世。）

綜合 AlphaGo「人機大戰」的表現，最煞食地方莫過於深度分析（Deep learning）——透過失敗提高下次成功機會，由此沙盤推演，未來電腦股神可望擁有三大殺着：一、能像捉圍棋搶奪有利位置一樣，極速作出贏面最高的抉擇，並運用高頻交易 mark 價出手買賣。二、圍棋「做眼」可使己方陣地立於不敗之地，亦可突擊對手陣地，圍魏救趙，若有莊家旗下股份失火，可立即憑電腦運算，極速調動其他資產套現灌救，以「鐵索連舟」方法，阻止類似「911」式的細價股股災（編按：2016 年 7 月及 2022 年 1 月都曾經有多隻細價股，因被沽空機構唱淡或懷疑遭莊家斬倉而暴跌）。三、AlphaGo 透過深度分析不斷進化，意味未來電腦理解人性，隨時比人類了解電腦更深，過往市場無從預測、涉及人類複雜情感因素的「黑天鵝」，將在電腦股神計算之內。

Two Sigma 創辦人之一 David Siege 曾預言，未來將沒有基金經理能夠跑贏電腦。Bridgewater 創辦人達里奧（Ray Dalio）的人工智能團隊正逐步把這個預言實現，Bridgewater 於 2015 年勁賺 33 億美元，自 1975 年成立至今錄得 450 億美元利潤，超越大鱷索羅斯量子基金的 428 億美元，人工智能投資的威力可見一斑。

當然，AI投資的崛起，難免取代人類工作，投資顧問更是首當其衝，蘇格蘭皇家銀行早前在英國裁減550人，理由就是機械人投資顧問（robo adviser）搶飯碗。筆者嘗試過嘉信理財（Charles SCHWAB）的相關服務（網址 https://intelligent.schwab.com/），只須填寫年齡、投資經驗、目標及風險偏好等簡單約10條問題，電腦即能提供持有股票、債券、商品及現金組合的建議投資比例，確實比人類顧問快捷10倍。

事實上，當看見本田的ASIMO精細到能模擬人類手指活動，懂得跟人類玩猜「包剪揼」；Google ATLAS的機械人和機械狗已能幫手搬貨及看門口時，你不得不接受人類工作被電腦取代的大趨勢難以逆轉。美國智庫皮尤（Pew Research Center）發表的調查報告顯示，八成當地藍領工人相信50年內將被機械人取代，就連行政人員及經理等管理階層，也有七成相信50年內會因為機械人而失去工作。北美及日本機械人訂單雙雙屢創紀錄新高，無人駕駛車如箭在弦，在在預示人工智能與機械人帶來的新工業革命即將來臨。

當然所有的破壞性創新（Disruptive innovation）終究利大於弊，正如AI電影情節，當有一天人類生產出藍領、家傭及娼妓等人工智能機械人，現今社會的人口老化、勞動力短缺、需求不足等經濟痼疾，皆可不藥而癒，原因是AI機械人只會貢獻GDP而不會攤薄GDP，能解決人類千百年來的「剝削」與「被剝削」階級鬥爭問題，屆時人人相對富有，電腦股神存在與否，已無關痛癢。

超級新人類

生、老、病、死是自然定律,不過自古以來,人類對長生不老的追求,卻是不分中外。據悉,早在1919年,匈牙利農業工程學者埃雷基(Karl Ereky)已經提出「生物科技」(Biotechnology)概念,直至50多年後,科學家利用細菌基因,首次成功進行DNA重組實驗。

回溯工業革命前,大半數人活不過45歲;時至今日,60歲都只是「中年」,科學家普遍共識是,到本世紀末,人類平均壽命將達100歲。從科學角度來看,人類只要修復體內受損的分子及細胞便能不死,而在過去一個世紀,醫療科技的確以高速發展。

例如以疫苗預防腦膜炎、麻疹及各種流感;用抗生素治療結核病及肺炎;生產胰島素管理糖尿病;他汀類藥物減少心臟疾病;採用化療對治癌症,甚至連愛滋病都變得可控。簡單而言,就是從前無得醫,今天都有得醫,所謂「不治之症」,未來只會愈來愈少,所以在美國投資圈內,早已有說「10年內沒患上致命疾病,足以活到120歲」。

兩大技術突破

正因抱持這股信念，生物科技由一門「冷門學術」，搖身成為資本市場的「熱門板塊」，畢竟全球都面臨人口老化。港交所 2018 年起與時並進改革《上市規則》，容許未有收入的生科公司掛牌，以迎合時代變遷、滿足市場需求。

跳出香港，在美國，納斯特一直為生科初創的上市首選；多年來，矽谷富豪對「長生不老」的熱情更加有增無減——早有 Google 啟動 Calico 研發抗老科技，甚至另組母公司 Alphabet，專注相關大計；後有 Facebook 朱克伯格夫婦，成立 Chan Zuckerberg Initative，豪言要「消滅所有疾病」。

自爆發新冠疫情後，全球投資熱情更高漲。當然，或許有人會問生物科技很「燒錢」（昔日香港就有「High tech 揩嘢、low tech 撈嘢」的說法），資本門檻高，回報時間長，成功率還不足 10%，在商言商未必很理想，為何資本仍前仆後繼？原因離不開兩大趨勢。

首先，基因工程急速發展。過去，改變基因是非常困難的事，直至 CRISPR-Cas9 的出現。簡單介紹，那是一種基因編輯工具，有「上帝之手」的稱號，能通過修改、插入及刪除基因，從源頭治病。近年，該技術逐漸走進公眾視野，相信與諾貝爾化學獎（或「賀建奎事件」）有關。

為什麼值得拿諾貝爾獎（2020 年）呢？正因 CRISPR 只需幾個星期便足以「改寫」命運（基因遺傳訊息），治療遍布癌症、神經疾病及罕見病等。人類面對的「四大殺手」，不外乎心臟疾病、傳染病　癌症及神經系統疾病，不難想像，許多目前的「絕症」將來會有得救。

CRISPR僅屬一例。查實早在七十年代，科學家已懂得剪輯DNA，但礙於精準度不足、費用高昂，規模難以擴大；時至今日，隨着人類基因圖譜已完成「解碼」（2022年）、DNA測序技術成本降低（2023年估算可低至100至200美元），商業應用將愈來愈多——眼下「基因檢測」已遍地開花，未來不排除會有「訂製嬰兒」。

其次，人工智能重大轉變。科學家研究人工智能（AI）早在1950年代已經開始，不過要數轉捩點，相信是2015年——相關論文發表開始由電腦科學期刊，轉陣至應用導向刊物，而且近三分之二屬於電腦科學以外領域。後來，我們見證到視像識別愈來愈準，錯誤率由2010年的30%，急跌至2017年的2%，以至語音識別、自動駕駛等，均進一步跨越技術瓶頸。

以上意味着什麼呢？人工智能愈來愈似一個「人」，尤其在ChatGPT面世後（2022年），相信世人對「超人類」（由以色列歷史學家哈拉瑞〔Yuval Noah Harari〕提出）不再停留「科幻」想像；相反，是真正感受到AI威脅人類，遠不止於取代勞動力，更是認知能力（cognitive skills），包括學習、分析、溝通，甚至理解人類情緒，還具備兩項「超人能力」——連結性（connectivity）及可更新性（updatability）——畢竟「人」始終是獨立個體，AI卻是「網絡」。

現在只是開端。未來數十年，人類與AI合作仍是最理想的工作模式，前者集中精力搞創意，後者處理日常例行公事。只是不難想像，社會（尤其是職場）對人類能力的要求，將會愈來愈高。人類被逼「升呢」的情況下，有學者已經預測，下一波的技術浪潮，正是將AI結合生物技術，用科技突破肉體限制，通俗說即是「人機合一」。

那並非天方夜譚的事——特斯拉CEO馬斯克（Elon Musk），早年已成立大腦晶片公司Neuralink，研究如何透過植入晶片，做到「人腦駁電腦」，把人類思維「下載」到電腦，或將電腦資訊「上傳」至人腦。有傳相關技術在2023年3月底已覓得人體測試合作夥伴，一切等候監管機構「開綠燈」。

金蛋 vs 壞蛋

AI也好、生物科技也罷，新技術冒起之初，多少摻雜着混水摸魚及泡沫，即使矽谷都不例外——「Theranos假血」醜聞就是典型案例，該公司聲稱能以血液檢測出過百種疾病，估值一度高達90億美元（約702億港元），創辦人霍爾姆斯（Elizabeth Holmes）被譽為「女版喬布斯」，但最終神話破滅，連美國前國務卿基辛格、傳媒大亨梅鐸等都「中招」。

儘管如此，市場終究會大浪淘沙、汰劣留良，畢竟科技趨勢銳不可擋。反為，在太平洋另一端發生的事，更能反映將來挑戰所在——2018年，中國科學家賀建奎宣稱，為一對雙胞胎胚胎進行基因編輯，使其不容易感染HIV，做法令舉世譁然，最終遭中國法院以「非法行醫」罪名判處3年有期徒刑，並譴責他追求「個人名利」。

真正考驗人類集體「智慧」，往往並非科研突破本身，而是如何在所牽涉的道德、倫理、價值觀及法律規範等議題上，達成普世共識——從正面角度來看，這一點人工智能都難以取締。

身高、IQ可預測
10年內可訂製
完美嬰兒

李潤茵

02-01

第五屆（2020年）
「恒大商業新聞獎」
「最佳商業科技新聞報道獎」
（文字組）金獎

贏在起跑線已經out！隨着基因技術革新，有美國公司提供全基因檢測，容許父母在實驗室內挑選「最健康」的胚胎，他日甚至有機會複製「天才基因」；另一邊廂，「複製毛小孩」已率先搶閘出世，一隻狗叫價38萬元人民幣。

愛因斯坦的智力、莫扎特的音樂天賦、米高佐敦的運動細胞，還有環球小姐的美貌……以色列歷史學家哈拉瑞（Yuval Noah Harari）曾預言，未來將會出現「超人類」，他們的身體、情感和智力都遠超普通人。從目前科學來看，訂製嬰兒雖然尚未出現，相關技術卻近在咫尺。

挑選「最強」胚胎

「3年前，我們仍無法預測身高；今天，準確度已達到僅幾厘米的誤差。」美國密歇根州立大學教授徐道輝（Stephen Hsu）於2020年發表於《遺傳學》期刊。

對很多人來說，長得美或醜、高或矮、肥或瘦，如同廣東話「好醜命生成」，這些遺傳特徵（genetic traits），從出生那天已經注定，健康都不例外——不過，徐道輝與其團隊正嘗試打破宿命。

位於新澤西州的基因組預測公司 Genomic Prediction，由徐道輝及兩位科學家創辦，他們專門為試管嬰兒提供胚胎基因檢測，12間合作診所分布在美國、尼日利亞、秘魯、泰國及台灣，宣稱客戶遍全球，並於2019年再獲450萬美元投資。

有別於傳統篩查，集中在單基因罕見病，如地中海貧血及唐氏綜合症，該公司的「疾病清單」特別長，還包括一二型糖尿病、心臟病、乳癌，甚至思覺失調等超過10種的常見疾病。

徐道輝解釋，公司針對不同疾病給出風險評分（risk scores），「舉例乳癌，美國有10%女士，一生人中會罹患一次，一經我們DNA檢測，就能判別是否屬高危，如是者患病機率可達50%至60%」。

部分乳癌患者屬於遺傳，攜帶來自父母的突變基因BRCA1/BRCA2，早年荷里活影星安祖蓮娜（Angelina Jolie）正是如此，於是毅然切除乳房保命；徐道輝進一步指出，對於許多疾病而言，從DNA樣本可見，若不幸墮入最高風險的1%至3%，其患病機率可以是普通人的10倍。

「我們剛剛在《自然》（*Nature*）發表論文，就是研究了 4 萬對兄弟姊妹，我們能預測到，他們在不同年齡的身體狀況，舉例兩兄弟當中，有人會死於 80 歲，有人會患心臟病。」他解釋：「即使在同樣家庭長大，並經歷相同環境，遺傳在孩子階段已經反映出有些不同。」

面對遺傳風險，他認為過去只能「靠運」，父母寄望孩子沒「中招」，但實情每對接受體外受精（IVF）的夫婦，通常都是十選一，只會植入一至兩個胚胎，既然都要取捨，為何不排除高風險呢？「通過基因檢測，就可以防止將病傳給下一代。」

一份報告變相主宰生殺——被選中的胚胎，順理成章植入子宮，繼而發育成嬰兒，否則被打入冷宮（實驗室的冷藏櫃）。對父母來說，則是透過剔除，挑選出「最健康」基因；埋單計數，這樣一來，只是約 1000 美元（約 8000 港元）。

想當初，第一次進行人類基因組測序（DNA sequencing），跨國政府花費了 15 年時間、耗資足足 30 億美元；現在只需花上數星期、付出低至幾百美元，已經能買到個人化基因報告。難怪徐道輝形容，DNA 測序如同晶片一樣愈來愈平，畢竟「原材料成本僅 50 美元」。

DNA 大數據時代

鏡頭一轉，來到香港中大生物醫學學院的實驗室，該院副教授李天立正展示如何進行全基因組測序。「人有 60 多億個 DNA 分子，每次測序就放 1 至 2 億到晶片上，再透過機器進行掃描，讀取每一個字母。」同樣工序不斷重複，直至讀取所有字母。

李天立經常形容「DNA等同是本書」，內容則是記載人類程式碼，全部由四個字母Ａ、Ｔ、Ｃ、Ｇ（即含氮鹼基簡稱）排序而成；每三個字母會構成一個單字（科學家稱為「譯碼」），如是者不同譯碼背後，則代表不同功能及作用。

→ 李天立介紹，能夠進行全基因組測序的機器，全港就只有5部。

借用26個英文字母舉例，D、O、G三個字母，若然排序為DOG，意思就是狗；一旦改序為GOD，意思就是神。「自從2000年首個人類基因圖譜面世後，科學家想方設法，就是要配對到不同特徵。」

即使是極微細的差別，小至耳垢是乾或濕，其實都能從基因「解碼」出來。李天立分享，這項研究在日本進行，參與人數多達逾千名，結果統計得出驚人發現——「其中一個基因，有人會是T，也有人是C，前者對應就是乾，後者則是濕」。單單一個字母的差別，就決定了耳垢的形態。

餘此類推，眼珠顏色、頭髮曲直，甚至有無「美人尖」等外貌特徵，李天立指出從胚胎DNA中，理論上已經可以讀取出來，「女士追求鼻高、下巴尖，只要找出大量天生長這樣的人，相信也能找出基因關係」。話到此處，不難發現人類基因組，其實就是「大數據」。

Google跟微軟都設「基因專項」。「他們與醫學公司合作，後者掌握大量客戶資料，包括DNA、身高、血型，甚至樣貌，科企就通過機器學習，不斷進行配對。」

亞洲家長特別想知IQ

回到美國，Genomic Prediction的預測能力，關鍵就建立在模型。這間小型初創能檢測一型糖尿病，意味着智商不成問題，因為他們能夠進行「多基因評分」。背後牽涉演算法，徐道輝是這方面的專家，本身研究理論物理。

「複雜特徵通常需要用上數十萬，以至數百萬個樣本來進行機器學習」。身高已經是最容易，最終都用上2萬種變體；其次，他們還能準確預測到「成年後會否禿頭、印度父母很在乎的膚色」，但通通都是無可奉告，原因是基於「道德理由」。

「亞洲家庭最想知道智力水平。」智力預測爭議更大，科學家除爭辯「智商」定義、質疑存在後天因素外，而且影響「學術成就」的DNA區域實際牽連甚廣，要達到「精準」還有一段距離。

不過，該公司已能夠標記出「高於平均水平或低於平均水平」。準繩度只是時間問題。事關徐道輝發現，基因檢測與智商的相關性，跟SAT等標準化測驗，存在一定參考價值。

一旦有100萬人，能夠提供高質量基因和學術成就數據，該公司便估計，智商預測可在5至10年內，達到10分以內的誤差。愈來愈多「多基因預測模型」建立，距離準確預測不同人類特徵，也會愈來愈近。基因技術不外乎「讀」同「寫」，當分析模型愈來愈精準時，距離父母決定嬰兒的身高、體重、膚色、聲音，甚至智力水平，也會愈來愈近。

這種技術永遠充滿爭議。但即使是已開發逾20年的「植入前基因診斷」（簡稱P.G.D.），其實都早有前人用來訂製嬰兒，例如提高理想眼睛顏色機率，或用來選擇性別。另一間曾獲Google資助的基因測序公司23 and Me，甚至於2013年獲專利，父母可通過挑選捐精/卵者，變相選擇後代基因，只是業務受監管影響。

相比 P.G.D. 和 23 and Me 的「土法」，徐道輝則預計，胚胎在未來 5 至 10 年內，或會通過基因編輯，進行大幅修改。「如果爸媽天生個子矮，仔女長得高，那是偶然的幸運；然而，只要改變一小束 DNA，兩代就能截然不同。」徐道輝補充，同樣地，編輯成本是愈降愈低。

只是完美嬰兒未來臨，非議已接踵而來，徐道輝因主張保留 SAT 考試，而被批「科學種族主義」，公司被質疑進行智力篩選，一度被要求辭任副校長職務。

後來，他再三強調，公司當下「只報告健康問題」，更表明政府沒取態前，「團隊都不願走得太前」，但仍然相信科技趨勢銳不可擋。2019 年，就再有研究團隊，推出改良版的基因編輯工具。

香港現首隻複製狗　叫價 38 萬人民幣

生命值幾錢？「在感情面前，錢並不很重要。」正因這句，居於北京的李生不惜斥巨額複製「李淑媛」——一隻陪伴他 17 年的博美犬，去年撒手「狗」寰，李生猶如痛失家人，將遺體送到希諾谷（Sinogene），這間基因公司王牌產品是寵物克隆，不同動物明碼實價，以人民幣計：貓 25 萬元、狗 38 萬元及馬 58 萬元。

當人類仍在激辯編輯嬰兒，複製這種爭議技術已應用在「毛孩」身上，中國以外，南韓及美國，早有先例。「需要採集狗狗表皮，大腿內側兩塊，綠豆大小；不需打麻藥、不出血、不構成創傷，然後提取細胞，大概兩星期可細胞建系。」銷售人員介紹：「南昌警犬基地會作第三方證明。」

早在 2016 年，北京公安局已經有 6 隻複製犬。為什麼警犬都要複製？皆因虎父真是有犬子，「即使父母都是優秀警犬，不代表子女適合當警犬，有時更會適得其反」。希諾谷負責人王奕寧表示，對於工作犬而言，複製極具應用價值。「自然配種的話，父母基因各半，複製體跟本體則超過 99% 相配，跟代孕動物沒關係，這能為優秀警犬留種。」他表示，經自然繁殖的警犬，淘汰率高達 30%，反觀複製犬，合格率可達 90% 以上。

中國是複製大國

「普羅大眾對複製印象仍停留在廿年前多莉（複製羊），實際中國是複製大國，集中在豬牛羊的科研。」後來，公司創辦人瞄準寵物離世市場，2017 年推出商用產品，短短兩年多時間便成功複製 100 宗，「每月會接 3 至 5 宗」。王奕寧還透露，香港都有 3 宗，兩狗一貓，其中一隻複製狗已經接走。

北京李家現有兩隻「李淑媛」，但不叫「李淑媛」，叫「豆豆和蔻蔻」。「起初是想找替代品，也會思考三者關係，後來還是尊重其獨立個體。」不複製還會養狗嗎？他猶豫：「小狗有天性的，基因影響很大，複製並非百分百，但還是孿生般相似。」

基因測試猶如算命？ 專家教辨真偽

今年 32 歲的 Kathy，終於迎來初戀，對象是 30 歲的 Donald，他從事銷售，談吐幽默；只是 Kathy 從沒想過，自己會接受到「姊弟戀」，究竟是什麼牽引他們呢？答案可能是 DNA。

「基因配對」早在日本及歐美流行，近年就有商家引進香港——DNA Perfect Match 與傳統婚介不同，客戶配對非因職業學歷，關鍵看「愛情基因配對率」——那是基於一組免疫系統基因「人類白血球抗原」（HLA）計算出來，兩人排序愈不同會愈互相吸引，HLA 亦跟氣味有關；Kathy 與 Donald，配對率達 60% 以上，屬於高分組合，難道真是 DNA 作祟？

逾十億美元檢測市場

拜基因圖譜所賜，DNA 測試愈來愈普及，畢馬威估計全球市場規模在 2020 年已達 11.5 億美元；新冠肺炎疫情肆虐，更意外將檢測進一步推廣，情侶配對屬另類，更常見是健康風險評估。

如何當精明消費者？中大生物醫學學院副教授李天立教路用科學思考。首先，貴精不貴多。「坊間很多基因公司宣稱，能夠測試逾千個特徵，要問清楚檢測項目，究竟有無充分理據支持呢？」

關鍵問題包括有無科學文獻、有無足夠數據、實驗規模幾大。「樣本最少達到 1000 才具說服力，那是全球科學家共識，所以『千人基因組計劃』都是 1000 名參與者起計。」他續道：「我做檢測就寧願有根有據，而非愈多愈好。」

其次，慎防偷換概念。「探討事情是否有根據，很視乎科學的本意。」曾經在美國衛生署工作，李天立舉例智力測試，「外國研究原意是尋找有學習障礙的孩子，從而提供適切協助。」

來到香港卻「走樣」，「全世界只有香港家長會帶小朋友測試IQ、運動細胞」，教李天立不禁慨嘆「假科學比真科學更賺錢！」同時，他指出智力是先天因素，還是後天努力，目前仍未有科學定論。

「基因歧視」更值得注意。「美國在1995年已經立例，禁止保險公司用基因報告拒保。」香港未有相關立法，李天立坦言，DNA測試無異於「高科技算命」，還立於不敗之地，皆因消費者很難驗證，更遑論追究責任，相當缺乏保障。

DNA永不磨滅　外洩後果堪虞

新經濟個人數據隱私委員會成員伍燦耀則提醒：「目前DNA僅視作個人資訊，但它永遠無法更改，外洩後果更嚴重。」

話說回來，「愛情基因」可信嗎？李天立表示，氣味實驗存在已久，與喜歡關係則有待考證。不過男主角Donald則坦言，基因配對勝在「夠gimmick！」結果他一「測」即合。愛情無法用科學解釋。

監視腦電波惹爭議——讀心神技提高讀書、工作效率

鄭雲風

2020 花旗集團
傑出財經新聞
生力軍獎
亞軍

監控手段層出不窮，繼網上足跡、人臉、肢體動作，未來甚至連腦電波也可以量度和評分？近年多個國家默默引入腦機介面技術，務求三管齊下，提升教育、生產甚至軍事效率。若然有「人類最後私隱」之稱的腦電波亦可量度，是否意味將來「老大哥」能全面掌控人類一舉一動？

如今，想知道學生是否「魂」遊四海，老師可選擇看腦電波。2019 年 9 月，《華爾街日報》發布一篇報道，題為〈AI 監控走進中國小學課堂，頭戴腦波儀能提高孩子成績？〉，引來網民熱烈討論。片中一群身穿白色校服，戴紅領巾的小學生如常上課，唯一不同的是頭上有個猶如「金剛圈」的黑色頭環，正前方的小燈不時轉色。有學生解釋：紅色代表集中，白色代表分神。原來，這款頭環藉電極收集腦電波，配合 AI 分析他們上課是否專心，並即時傳送至老師的電腦。誰人發白日夢，全部無所遁形。

學校引入頭環後，有同學接受訪問時自豪地說：「上課認真聽講，作業差不多全是對的！」有老師樂見學生勤奮學習，回答問題時聲音更加響亮。不過，也有網民質疑產品是否監控思想，令小朋友承受身心壓力。

腦機介面年增長 12%

這套神奇頭環，背後用上名為腦機介面（Brain-Computer Interface，BCI）技術，現時主要分為兩種模式：植入式與感應式。學校所用的正是感應式頭環，配合 AI 及腦電圖（EEG），實時分析學生腦電波，為「專注度」評分。2018 年財政司司長陳茂波參與「香港科學節」，就親身見識過這項「黑科技」，了解如何用腦電波控制小物品，人腦怎樣和電腦連接，甚至將意識上傳內聯網；事後更念念不忘在網誌上特別介紹，說未來技術成熟後，能幫助有需要人士的生活變得方便。

這種技術備受科企大亨注目，「鐵甲奇俠」馬斯克、Facebook 教主朱克伯格也相繼投資研究；矽谷創投教父霍夫曼更明言，「腦聯網」會是未來人類不可缺少的生活科技。市場研究公司 Frost &Sullivan 指出，腦機介面仍在發展初期，年均營收複合增長可達 12%，未來很具發展潛力。到底這項「讀心科技」未來有何用武之地？是否如網民所言是新版「老大哥」？

這間公司名為 BrainCo，專研感應式腦機介面，總部設於美國波士頓，於中國杭州、北京、深圳亦有分部，由華人韓璧丞創辦。他指《華爾街日報》報道中學校所用的頭環，正是其自家設計產品，但強調並非用作監控，而是訓練專注力，「沒有學校會為監控付錢，只有能幫助孩子提高專注力，學校才會買」。

專注力也可評分

身為哈佛大學腦科學中心博士的他「申冤」說，公司原先與美國太空總署（NASA）、美國國家舉重隊合作，提升他們於太空工作、運動時效率，後來才慢慢進入中美教育市場，「最早是由於有中國家長在哈佛大學看到產品而追問，才發現需求很大」。他承認，中國市場快速增長是始料不及，家長願意投入大量資源教育子女，透露現時公司逾半市場來自中國，其餘分別出售至14個國家。

「我們沒有辦法分析學生想什麼，但可以知道是否專注。」他表示，當老師發現學生回傳的腦電波「分數低」，可以嘗試說笑話或溝通，帶領他們專心上課。

至於如何訓練學生專注力？韓璧丞以一個簡單比喻說明：「好像訓練自己肌肉一樣，但學生練的是腦神經，通過精密的檢測器，實時看大腦狀態。」他指出，當專注力能化為數字，有助學生練習保持這種感覺。日子有功，若每天定時鍛煉，約30天後便能形成記憶。

家長價值觀迥異
中國看成績　美國重放鬆

常言道：科技中立。同一件產品的用家理念卻可能南轅北轍，BrainCo創辦人韓璧丞有深切體會，「中美市場差別挺大。中國家長想提高孩子成績，向美國家長推銷時，卻要說可以令小孩relax，老師更好講課」。

「內地補習風氣很嚴重。」方先生是一位8歲小孩的爸爸，他坦言不少內地家長都是以成績衡量子女表現，壓力沉重，「很多孩子學習不好，

離家出走」。他發現，其中一個問題是專注力不足，「孩子班上，差不多八成人專注力不足。」但家長往往選擇用更多時間補習，重量不重質。

「上一年級時，我兒子上課時經常坐不住，有小動作。」他認為，身處資訊發達年代，容易令人分心，兒子經常要做作業近數小時，直至 10 時半才可休息，作為父母感到有心無力。

2018 年，他於一場推廣活動看到 BrainCo 賦思頭環，買來一試。「使用過程中，我能看到孩子腦電波的報告，感覺比較科學。」相比以前，當他留意到小孩分心，便可稍作提醒，不需「估估下」。初初使用頭環，兒子亦因不舒服、感覺受監控而想放棄，方先生唯有耐心引導，日子有功，他發現兒子變得集中，成績有明顯進步。

他曾向其他家長推薦頭環，協助小孩提升專注力。雖有科技協助，但他寄望父母要懂得走進孩子內心，才可對準問題，「打個比方，孩子像樹，如果葉子變黃，你不從根部着手，而是摘下枯葉，也不會長出新葉子」。

教育是 BrainCo 的主要業務之一，韓璧丞看好 BCI 未來發展潛力，認為將出現如同 Google 或 Facebook 一樣的大公司。信心十足，源於 BCI 產品累積龐大「腦數據」，將來有助發掘更多人腦秘密。他承認，相比植入式 BCI，感應式 BCI 接收信號較弱，但因佩戴使用方便，容易收集數據作大型統計。

踏入萬物互聯時代，大數據收集方式日新月異，已由最初數碼足跡到腦電波。「分析到足夠數據，我們可能發現這個腦電波規律代表什麼。比如說他正處於極度興奮、或是非常煩躁。」

韓璧丞說，以往分析大腦停留於腦區理解、作用，透過BCI更能把意識與行為串連比較，有助推測和認識大腦。

隨科技進步，探測人類真實感受指日可待。未來又能否透過腦電波，分析出本人都不察覺的需求？「一定有可能，因為人對自己的認識，其實好複雜，但身體、大腦反應是不能欺騙的。」他透露，正與美國公司合作，透過技術判斷廣告、設計好壞。

工廠用來提升效率

除了應用於教育、預測喜好，現時部分工廠亦開始用作提升工作效率，監督員工進度。以前，一些國際大企如Amazon，會利用「360度」攝錄鏡頭、電子手環等技術，嚴格監控工廠效率。如今有公司不單評估員工「手腳快慢」，甚至想知道腦袋是否「ready」。

《南華早報》在2018年曾報道，杭州中恆電氣公司安裝無線感應器於員工帽中，即時收集腦電波數據，避免他們因負面情緒，減低工作效率，並據此調整生產進度；中國國家電網浙江省電力公司自2014年引入類似裝置後，有負責系統的工程師表示，獲利提升了3.15億美元。報道指出，這項技術是中國政府資助研發，名為「Neuro Cap」，有十多間內地工廠、企業甚至軍方使用。

無獨有偶，一海之隔的日本亦有類似監控爭議。話說東京澀谷區有間地產公司，新建了「智能辦公室」，加入運動、冥想空間。後來，該公司以觀察新環境對員工身心影響為由，讓部分員工戴上腦電波監測頭帶，從而評估及收集數據，包括承受壓力，是否集中、感興趣、舒適、興奮。相關報道一出，立即引來網民炮轟。

BCI不單可以用作監控，美國更藉此技術加強士兵能力。知名歷史學家哈拉瑞於著作《人類大命運》，提及美軍正測試用上「經顱直流電刺激器」技術的頭盔，該頭盔配有電極瞄準某部分大腦，透過弱電磁場刺激或抑制指定的大腦活動，提升士兵戰時專注力和表現。

效果如何？書中記錄了《新科學人》記者的一次實測。開初，記者沒有戴上頭盔，走進戰鬥模擬室時，一遇上二十多名敵人便驚慌失措；怎料一換上頭盔，猶如化身藍保（按：電影《第一滴血》系列角色），冷靜解決所有敵人。更令人嘖嘖稱奇的是，記者實驗後，居然「懷念」腦袋裝上電極的感覺。

大眾對使用腦電波技術仍議論紛紛。中國專欄作家張田勘2018年於《南方都市報》撰文質疑，即使此監控得到科學界普遍認可，也需倫理認證，當中最重要是員工知情及同意。他說，若以儀器探測到員工不認真工作，警告、扣工資甚至「炒退」，是對他們的嚴酷壓榨，又指這種窺探個人最隱密思維的方法，「比老大哥看着你更恐怖」。

人機互通「腦聯網」時代來臨？

「腦機介面要投入很多資金，研發要求高。」BrainCo創辦人韓璧丞深信，BCI能改變人類生活，他細述這個「讀心科技」的5個階段：一、研究大腦狀態；二、調整及控制情緒；三、腦電波控制假義肢；四、針對訓練特殊腦疾病，如自閉症；五、用意識來交流，「好像英語，只需3000個單字便可以交流。如果未來人類可以分辨成3000個不同信號，基本上有可能解讀出來」。美國杜克大學教授米格爾‧尼科萊利斯就說，如果人腦可直接對話，語言可以省略。

若然你以為收集人類腦電波，探索情緒、內心想法已是終點，那便大錯特錯。多年前，有美國公司開始研發植入式 BCI，思索「人腦合一」是否可行。較矚目的是 Tesla 創辦人馬斯克於 2016 年成立 Neuralink，希望將人腦連接電腦人工智能，上載及下載思想。2019 年時 Neuralink 已首次公布研究結果，指出可以在癱瘓患者的腦部植入電極和感應器，連接電腦後有助他們重拾原有能力。這項技術已完成動物實驗，成功率近九成。馬斯克透露，計劃 2020 年作人類測試。（編按：直至 2023 年 3 月，美國 FDA 仍拒絕批准 Neuralink 的真人測試。）

另一初創公司 Kernel 於 2016 年時宣布，正研究一款植入式人工腦部裝置，它擁有微型處理器，藉電極刺激神經以助大腦運行，並將輸入訊息轉為長期記憶，針對記憶力有問題的患者。此計劃獲 Braintree 創始人 Bryan Johnson 投資 1 億美元。於美國國防部高級研究計劃局也有類似研究，幫助腦部受傷士兵回復記憶。

腦部私隱何處藏？

正如物聯網（IOT）面臨黑客入侵危機，未來他們能否駭入腦部裝置，要挾當事人？ BBC 中文網引述網絡安全公司卡巴斯基實驗室的研究人員指出，攻擊大腦晶片將引發全新的安全挑戰，他們於一份報告中更明言，獨裁政府是有機會藉干擾人腦記憶，甚至上傳新記憶，從而改寫歷史。

另一個大眾較關注的是私隱問題。美國華盛頓大學教授曾經做過以下實驗：接受測試者戴上 BCI 裝置玩視頻遊戲，途中畫面會快速閃過不

同圖案如商標，對比腦電圖（EEG）信號高低，了解他們對哪些圖像有強烈反應，此方法準確度約八成。若黑客於屏幕上有策略地投放不同圖片，便有助進一步了解當事人政治立場、常用數字密碼等等，而且他們毫不知情。

正如 Kernel 創辦人布萊恩・強森提及，有了 BCI 後，人類將送出最寶貴的數據，包括思考、創意等等，形容這是私隱的最終防線，「若我們用現時對私隱的態度來步向未來，只會帶來麻煩」。

生物科技集資大潮

香港報業公會
「2018年最佳新聞獎」
「最佳經濟新聞報道獎」
冠軍

黃翹恩

生物科技四字看似遙不可及,但若應用於醫療領域,透過科學研究可提升診斷及治療技術,令人類健康長壽。港交所(00388)自2018年4月起接受未有收入的生物科技公司上市,一些初期投資額龐大的藥物、醫療器械、診療技術等研發公司,都可在公眾市場融資,促進創新技術發展。隨着首家生科企業歌禮(01672)上市,為同類企業IPO潮揭開序幕。

無創眼藥導入儀　港醫療科研落地靠融資

不少眼疾患者每月要經歷一次眼球刺針療程,香港科技大學化學工程系博士孫瑋良潛心研究10年的「無創眼藥導入儀」,免卻病人針筒插眼之苦,改用超聲波把藥物直接導入眼底。

苦戰10年　曾花光積蓄

孫瑋良坦言研發過程曾試過陷入低潮，當時「可以出錯的地方都出錯，經費花光、積蓄用盡」，克服困難後，2017年底首度獲得數百萬美元融資，下一步更想拓展自家研發眼藥，想令人知道「香港都有這樣水平的研究成品」。

罹患糖尿眼、視網膜血管阻塞、黃斑病變等病者，傳統多數靠針筒把藥打入眼底，礙於眼球構造，醫生必須避開晶體及視網膜，在角膜旁3至5毫米下針，位置非常有限。雖然技術已相當成熟，但傷口始終有感染風險，而且對患者而言，親眼看着針筒刺進眼球，絕不好受。

有見及此，孫瑋良、周迎教授及其團隊研究另一種傳送藥物的方法。難在眼球內的玻璃體和淚水形成自然清洗機制，把外來物從後往前洗走，藥物需要靠外力抗衡才能滲入眼底。

試過不同方法後，團隊終鎖定使用低能量的超聲波。首先把儀器預先灌入所需藥物，觸碰眼白，再因應不同病症、不同病人而發出特定的超聲波頻率，藥物即可滲進眼底目標範圍，「不會熱不會痛，儀器亦不會震動或發出『滋滋』聲，很溫和」，而且療程從一小時縮短到十數分鐘，孫瑋良期待可由護士完成療程，減輕醫生負擔。

「無創眼藥導入儀」研究從2008年開始，2017年獲「創科奧斯卡」、日內瓦國際發明展大獎，亦為項目首度獲得7位數美元的外部融資，但孫瑋良未有透露公司估值多少。他預期需要再融資，以支持臨床測試成本。（編按：臨床測試最終在2021年底完成。）

圖 2.3.1　無創眼藥輸入 vs 傳統針筒注射

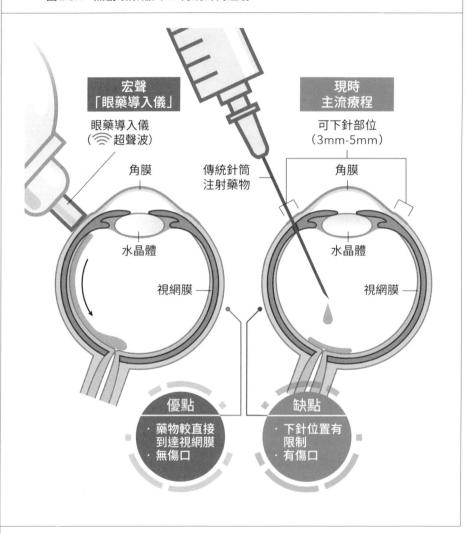

宏聲
「眼藥導入儀」

眼藥導入儀
（超聲波）

角膜

傳統針筒
注射藥物

水晶體

視網膜

現時
主流療程

可下針部位
（3mm-5mm）

角膜

水晶體

視網膜

優點
· 藥物較直接
　到達視網膜
· 無傷口

缺點
· 下針位置有
　限制
· 有傷口

盼研眼藥　拓全面護理

孫瑋良沿用市面上的眼科藥物，只為新穎的導入技術申請藥監審批。待導入儀正式推出市場銷售、產生現金流之後，孫瑋良表示有意開拓新戰線，投身研發新藥，將公司從專注視網膜疾病，發展至全面眼科護理技術。

孫瑋良用作展示的眼球模型已有逾10年歷史，見證他從學校實驗室來到商業化的一步，生物科技本來就關卡重重。孫憶述陷於低潮時「所有可以出錯的地方都出錯，經費花光、積蓄用盡」。可幸研究員團結一致，展覽時有患眼疾者問孫瑋良，「可否快點把技術推出市場？」令他大受鼓舞，「很想幫到人之餘，亦令人知道香港都有這樣水平的研究成品。」

低能量超聲波不傷眼

「無創眼藥導入儀」主要是以超聲波把藥物加快滲入眼球底部，接觸目標區域。發明者、香港科技大學化學工程系孫瑋良博士解釋，為避免灼傷眼球，只會採用低能量的超聲波，而超聲波的「力量」大小，則需要因應不同病人，以及其眼疾情況而異。

同類技術美容界已採用

其實同類技術在美容界已廣泛應用，亦即所謂「HIFU 提拉技術」。坊間不少美容院在宣傳時，形容其 HIFU 技術是把超聲波打入真皮層以下的筋膜層（SMAS），將能量聚焦在一點之上，加熱筋膜，目的是刺激膠原蛋白增生，恢復筋膜層的拉力，最終令表皮、臉部肌肉回復彈性緊致。孫瑋良坦言，對市面上 HIFU 技術聲稱運用超聲波技術有所保留，而且眼球極為脆弱，「就是想解決不用打針的問題，怎麼可能反而加熱眼球？」

AI 照腸鏡　冀覓天使基金

煙酒過多、少菜多肉，令大腸癌成為香港最常見的癌症之一，尤以50歲以上人士最高危。傳統以內窺鏡檢查腸壁瘜肉，需時約兩星期才有結果，嚴重的話可能耽誤診斷治療時機。香港中文大學研究斥資逾200萬元，開發人工智能（AI）分析及實時檢查系統，即時分辨瘜肉類型，準確度達97%。負責研究的中大外科學系博士研究生張芮愷透露，正接觸天使投資者，冀能把技術推出市場，並擴展至內地醫院，「幫到愈多人愈好」。

準繩度97%

大腸癌最主要的預防方法，是定期進行結直腸檢查，探測腸內有否腫瘤性瘜肉。醫生會把內窺鏡從肛門伸進，憑影像判斷腸內大大小小組織是否瘜肉、是否屬腫瘤性，隨即切除化驗，但肉眼檢查可能遺漏不顯眼的瘜肉，亦可能出現病理誤判，化驗結果需約兩周，可能耽誤治療時機。

中大外科學系助理教授潘頌欣與張芮愷兩師徒，遂從全球收集逾5萬組數據，建立人工智能系統AIdoscopist，對已被醫生辨識的瘜肉逐顆學習和分析。2017年團隊把來自沙田威爾斯親王醫院的300組結直腸內窺鏡視頻對比，發現AIdoscopist準繩度已達專業醫生的97%。

張芮愷指日後收集更多、來源更廣泛的數據後，AI的深度學習功能將進一步提升辨認和分類的準繩度。張芮愷舉例，有非腫瘤性瘜肉，與另一款初期的腫瘤性瘜肉非常相似，兩者常被混淆；另外，若能分辨從腫瘤性瘜肉發展至惡性腫瘤之間的不同階段，對醫生斷症和確認治療非常重要。

覓天使投資者　謀攻內地

AI在學界及商界甚流行，張芮愷稱在消化內科中，以AI達到病理分類的極少，幾已屆商業化階段。雖然日本亦正研發相似技術，但其內窺鏡須特別製造；潘張二人的研究只須把普通內窺鏡接駁AI系統即可，應用範圍較廣，且每部原型模機成本約需1萬元。

張芮愷原本攻讀工程學系，有感過往只集中硬件研究，希望開發高新軟件技術，又得悉有醫生反映內窺鏡檢查存在限制，遂着手研發此系統。項目從2015年開始，獲綜合研究基金、創新科技署等，先後資助逾211.3萬元。張芮愷透露現正接觸天使投資者尋求支持，除希望多做幾個原型機模供不同醫院測試之外，長遠打入內地市場，「雖然技術在香港研發，但亦希望不止幫香港人，幫到愈多人愈好。」

創投教路　先了解監管認證

把學術研究化成真正商品，解決用家需要之餘，又為研究者開出新「錢途」，過程殊不容易。啓明創投醫療健康行業投資主管合夥人梁穎宇認為，本港研究診療技術、器械較製藥有優勢，呼籲初創企業家盡快認識商業化所需認證，以免浪費研究心力。

港產科學家不算多，香港大學教授盧煜明早於1997年研發的無創產前檢查，靠孕婦血漿檢驗胎兒的染色體疾病，及以同類基因排列技術，診斷出早期癌症，持有這項技術的初創公司Cirina於2017年6月與美國癌症檢測公司GRAIL合併，估值高達數十億美元。

梁穎宇認為，香港科研優勢在於診療技術和醫療器械，研發成本只及新藥的十分一，「新藥研發需要籌集幾億至20億元人民幣不等，美國投資者隨時可給出五六千萬美元，但香港認識生物科技的投資者本就不多，遑論即時拿出五六千萬美元。」

中國臨床測試成本低

梁穎宇又發現，本地生科創業者對產品商業化的監管要求認識極少，她曾接觸一家得獎無數的香港公司，已在理工大學進行了4年臨床測試，亦認定想取得中國藥監審批資格，卻完全未接觸過中國藥監局，未傾妥要在哪裏、做多大規模的臨床測試，「那4年臨床，錢和時間都浪費掉。」

她慨嘆不少創業者沒有深究產業運作和監管要求，「十幾年前沒有Google、百度，現在很方便，上網下載表格填了就可送去藥監。創業

者要有警覺性，怎樣把公司做得成功，『平靚正』地做出來。」以香港為總部的公司，應尋求中國藥監認證，事關美國臨床測試成本較中國高10倍之多，連不少美國公司都選擇先取中國認證，再回美國，「中國已是第二大市場，何不在中國先行？」

港迎生科初創上市撼納斯特

美國納斯特（Nasdaq）股票交易所素來是初創融資首選地，面對香港改革上市制度迎接生物科技企業，納斯特亞太區主席麥柯奕（Robert McCooey）揚言毋懼競爭，憑藉雲集熟悉生科行業的投資者、上市費用簡單便宜等優勢，加上不斷求變創新，不會視香港新制為威脅。

生科指數夠份量獲追捧

納斯特3個板塊中，上市門檻最高的是全球精選市場（Global Select Market），緊接着是全球市場（Global Market），資本市場（Capital Market）要求最寬鬆。Facebook、亞馬遜、Google母企Alphabet等巨擘固然是明星股，但醫療保健才是當地最主要行業，它們多在全球市場或資本市場上市。

麥柯奕表示，納斯特從沒有特意吸引某行業上市，但其機制非常有利融資需求龐大的生物科技初創。首先，納斯特生物科技指數現獲全球共數以百億美元資產追蹤，他指許多公司為求打入指數，力爭在納斯特掛牌，與Amgen、Biogen、Geron等著名生科企業並列，「它們就是納斯特的生招牌」。

另外，公司上市後只收取「全包宴」年費，當再發股融資時不再另外抽成，麥認為此收費模式對生科公司極為吸引。翻查資料，倫敦AIM規定IPO後發股集資200萬英鎊（約2081萬港元）以上，就會收取新股上市費用，最少5000英鎊（折合約5.2萬元）。若在香港上市後發行超過40億港元等值的股份，港交所（00388）最高收取24萬元後續發行費。麥柯奕豪言，「納斯特為競爭而生，今日依然從容迎戰。」亦不會把香港的新制度視為威脅。不過，麥柯奕承認香港對大中華區公司有主場之利，預料會有個別公司轉投香港。

指藥業易失敗欠公允　港審慎為保名聲

生物科技研發夭折率極高，藥品最終只有約一成能面世，故香港監管機構再三強調生科公司的投資風險。納斯特亞太區主席麥柯奕不以為然，指生意偶有不順，亦不代表整個行業失敗。

麥柯奕力捧生物科技公司潛力佳，「上市時包銷商、核數師、律師、投行等都肯保薦，無人在此過程中相信公司會失敗，包括交易所。我們會與公司站在一起。」他承認有個別藥企的測試未如理想，但在納斯特上市的藥企整體成功多於失敗。

他認為，單單針對醫療生科行業容易失敗有欠公允，事關消費品、科技股亦有低潮，「即使公司正在經歷困難，管理層總會帶領公司脫困。生意上偶有不順，不代表整個行業失敗。」他續稱，香港監管機構向市場溝通時份外小心，既為保護散戶，亦明顯想孕育新制下的成功例子，用以吸引其他公司上市，避免在改革初期被個別倒閉的公司玷污名聲。

港交所盼為企業雪中送炭

港交所（00388）2018年起接受未有收入的生物科技公司掛牌，與有半世紀歷史的美國納斯特股票交易所對壘，想後發先至殊非易事。港交所行政總裁李小加（編按：2020年底卸任）表示，香港上市改革後兼具中國、國際市場特色，較美國更有吸引力。科技園前主席羅范椒芬亦認為，香港貴在有誠信，數據不會造假。然而，在香港為生科企業「雪中送炭」時，證監會主席唐家成（編按：2018年10月卸任）提醒要平衡風險，但他有信心香港市場能夠應付。

證監有能力應付市場風險

2017年底，港交所着手進行上市規則改革諮詢，吸引新經濟企業。最初建議成立「創新初板」，讓未有收入的初創企業融資，為怕散戶蒙受損失，只接受專業投資者參與。唐家成認同市場須更多元化，不讓金融、地產股專美，但若只有專業投資者入場，流動性不高，市場始終欠吸引力。故此，證監會提議由生物科技行業打頭陣，既有嚴謹審批制度監察公司發展、披露清楚，亦是有最大融資需求的板塊。

納斯特是生物科技公司等創新企業的上市重鎮，香港要急起直追，李小加表示正好碰上生命科學、人工智能等已屆科技突破關口；中國人口老化，極需要延年益壽的生物科技研發，而且中國藥監機構加快新藥研發審批程序。他形容，香港改革後既像美國「擁抱新經濟」，又在文化、語言、交易習慣上「更接中國地氣」，加上「滬深港通」將內地資金引港，令香港較美國市場更具吸引力。他更豪言資本市場「不能只想在企業富貴時錦上添花，更應考慮如何為推動社會進步的行業雪中送炭」。

羅范：誠信是港最大本錢

羅范椒芬認為，香港吸引生科公司的優勢在於誠信（trust），大家相信香港醫生專業，數據不會造假，又能用英文溝通，中國食品藥品監督總局亦認可香港大學、中文大學的臨床測試數據，呈交後不必在內地重做。羅范椒芬亦坦言，香港想繼續發展生物科技高端研發，有需要加強生產設施，事關生物製藥與化學藥品不同，前者生產和測試地點必須相鄰，並在無菌車間中生產。

訴訟風險低　中資取港捨美

環球多個主要市場均有機制容許初創生物科技公司上市，以香港門檻最高。協助生物科技企業上市的律師周致聰認為，「美國做到的大部分香港都做到」，香港亦不似美國輕言訴訟，預料大部分以中國為基地的生科公司都會選擇來港。

香港要求生科企業上市時的市值最少達到15億港元，較納斯特資本市場（Nasdaq Capital Market）的5000萬美元（約3.9億港元）高近3倍。香港更同時要求企業須具備相當於12個月開支125%的流動資金，要求明顯較其他市場嚴格。周致聰曾協助金斯瑞（01548）、BBI生命科學（01035）等公司上市。他指以往公司「沒多少選擇」，多數會在納斯特上市，雖然門檻較低，但上市後可能招致更高成本。

他舉例，生物科技公司研發失敗風險高，若招股文件寫得不夠清楚，可被指誤導，美國集體訴訟案件頻繁，企業潛在法律成本不菲。反而香港訴訟成本高，「普通市民不會為了子虛烏有的事提訴」，對企業較吸引。

融資能力強　無外滙管制

周致聰直言，香港市場融資能力強，亦無外滙管制，「美國做到的，大部分香港都做到」，香港更獨有「港股通」渠道引來中國資金，故他預期多數以中國為總部的生物科技公司，都會取道來港。北京抗癌藥企珅奧基，和台灣醫療器材開發商亞果生醫，兩企接受查詢時均認為，香港與其客戶群、投資者時區接近，方便上市後持續溝通，因此計劃來港掛牌。

人臉識別錢途大 3600% 年增長

第二屆（2017年）
「恒大商業新聞獎」
「最佳商業科技新聞獎」
銀獎

許創彥

iPhone X在2017年面世後，大家都在談論新鮮出爐的人臉識別技術。有人質疑它的可行性，有人擔憂它會蠶食我們的私隱，但無可否認，它如今是個財源滾滾的領域。行內企業平日低調神秘，甚少接受訪問。機會難得，記者約到行業龍頭Sensetime（商湯科技），見識到一張臉如何發揮魔力，讓寂寂無名的初創企業，一躍成為超級獨角獸。

今天，一塊臉已能變出過億生意了。

最近一家人臉識別起家的Startup，全球矚目，政要如李顯龍、李克強均慕名參觀該公司。

成立於2014年的商湯，兩年多已在B輪融資獲得4.1億美元，打破AI公司的世界紀錄。外媒議論紛紛，《華爾街日報》甚至估計，這家每年

以3636%驚人速度增長的公司，價值超過100億港元。（編按：商湯2021年12月30日以3.85元於香港上市，估值超過1280億港元。）

該公司現在每天都接洽到新客。留意，客人不是普通公司，而是富可敵國的跨國企業，蘋果iPhone 7的Face Gallery都要問它取專利。不過，這頭超級獨角獸自開業至今異常神秘，絕少接受訪問。發電郵邀約時原不懷希望，豈料它應約，得以走進其總部揭開神秘的面紗。

要飛到矽谷嗎？不，原來它就在一小時車程不到的香港科學園。

雙胞胎一眼看穿

超級科技企業，辦公室該十分摩登高端吧。怎料一到埗，門口沒招牌，門後世界，也只是一個普通的辦公室。正當有點失望之際，好戲方在後頭⋯⋯

大門口一左轉，一部約20吋的電視映入眼簾，乍看平常，但它其實是個「女人的禁區」。只要一走近，電視上的鏡頭馬上攝下你的臉孔，不夠半秒，熒幕就會彈出你的歲數，數字十分準確。同行的女同事實測後，也不禁衝口而出了一句髒話。

為何它能這麼準？這是因為Sensetime把人的臉分成240個關鍵點，讀取到大量人類臉上的特徵，辨認正確率高達98.5%，即使雙胞胎，又或帶口罩，只露出半個鼻樑、一雙眼睛，機器通通認得到。再者，它懂深度學習，愈辨認愈準，在它面前，你的年齡「一目了然」。

中國政府是大客

第一次給人臉識別的威力震懾到，記者忍不住駐足研究這部「年齡檢測機」，在旁的 Sensetime 香港總裁尚海龍立刻提醒我們，「年齡檢測機」的右邊，還擺放了約七至八部電視。「每個代表一種技術，放得出來的，全部已賺到超過 1000 萬收入。」

那些技術，當中有單純人臉識別，有物件識別，也有兩者糅合的技術。種類多樣，正是 Sensetime 吸引到大客的撒手鐧。

說時遲，那時快，尚海龍已一個箭步，走近一台電視說：「就這部，總理李克強看中了。」那是一套監察路面交通的系統，內設 70 多個標籤，它會先自動分辨出影像裏的路人、汽車和電單車，再為他們附上不同標籤，好像那路人穿短袖還是長袖、拖不拖小朋友、汽車有否衝紅燈、什麼車牌號碼，Sensetime 系統一概辨識到。

而很快，Sensetime 將能進一步辨識到每個行人的身份。他們現在跟深圳、廣州、雲南、重慶公安局合作，若出交通意外，或者發生任何罪行，他們可馬上透過公安局的圖庫作配對，迅速找到肇事者。

紅隧塞車能解決

中國政府買來監控，日本政府則買來解決交通擠塞。

「高速公路需要收費，我們系統能自動辨識汽車，知道車牌，自動收錢。」尚海龍說，此技術香港也完全適用：「現在我們過紅隧，為何塞

車？其中一個原因是要排隊付費，有些司機臨急臨忙才拿出500塊，找續費時失事。」

他續道，香港人明明講求效率，此技術能省卻找續員的人力資源，又增加了效率，何樂而不為。

港府有興趣嗎？尚海龍笑而不語。

「真‧靠樣搵食」時代

不要以為Sensetime只滿足於賺政府錢，他們正在推銷14個行業使用人臉識別系統，背後蘊藏的利潤過千億港元。

商界，是其中一塊肥豬肉。

他們有一種專供商場的技術：以人臉識別技術將場內人群的年齡、性別分為5組，繼而統計消費者由哪組消費群主導，好讓商店一天內能準確制定數個營銷策略，變化更多端，賺錢更容易。

有商店選用人臉識別做實質分析，也有商店用來搞噱頭。

在內地，「刷臉付錢」日趨普及，最出名的莫過於杭州萬象城肯德基KPRO餐廳加設Smile To Pay的功能，過程10秒內辦妥，惹來中外傳媒一窩蜂報道。

不過現在內地商店顯然不安於此，他們欲再進一步，按顧客「顏值」給相應的折扣，吸引更多客人來「挑戰」。假如你被認為五官「標致」，大

小恰好，恭喜你，「顏值機」將會給你高分數，吃飯時享有更多優惠；假如你被判定眼細如縫、血盆大口的話，那不好意思，你的優惠將少一點。

以往我們常說藝人「靠樣搵食」，想不到不久的將來，我們都要「靠樣搵食」了，名副其實「你的樣子如何，你的日子也必如何」。好不好無人知，唯一肯定是，這將吸引到一堆貪新鮮的消費者，具龐大的宣傳功效。

南韓社區已廣泛應用

一家真的懂做生意的企業，肯定會大小通吃。政府、商界固然會顧及，社區的錢也不會不賺，Sensetime亦然，他們有項人臉識別技術，俘虜了一眾南韓家長的心。

在南韓，很多小學生放學後都想到士多買個麵包充飢，但很多家長沒給他們零錢，小孩們無奈要按着轆轆饑腸回家。「現在不用了。士多用我們的辨識技術，只要家長授權，讓我們記下小孩樣子，讓他們用人臉付錢，父母同步從App或SMS得悉，問題就解決了。」

尚海龍說，公司技術已滲透到南韓社區不少角落，有些巴士甚至能人臉付錢。南韓人很歡迎人臉識別技術，也讓他們成為Sensetime海外的第一大客。

科研比 Facebook、Google 強

看到這裏，恐怕大家會問：全世界不缺人臉識別公司，單單中國就有曠視、依圖和雲從等競爭者，曠視更被《麻省理工科技評論》選為全球50大「最聰明」公司，為何 Sensetime 特別賺錢？

答案在於，他們是唯一一家擁有自己 deep-learning platform 的企業，其他企業都要借用網上 platform 寫程式。用尚海龍的說法，則是「懂用 Word」和「懂寫 Windows」的分別。

他們背後這個懂「寫 Windows」的團隊絕不簡單，有120多個相關背景的博士和博士後，科研能力嚇你一跳：2015至2016年度，在三大人工智能的學術會議裏，Sensetime 發表了76篇具影響力的論文，全球第三，僅次於真的「寫 Windows」的 Microsoft 和卡內基梅隆大學（Carnegie Mellon University）。

76篇論文是什麼概念？比科技巨頭 Facebook 和 Google 都要多，連近年冒起的 BAT 合共都僅為 Sensetime 六分一。

港府看中什麼？

這頭贏盡全球關注的科技界黑馬，現於北京、上海、深圳、京都、東京等地設立分部，視香港為總部。作為企業的中心，總不能失威，在香港有何鴻圖大計？

尚海龍突然有點尷尬，吞吐地說：「嗯，其實呢，其實我們有 sell 過，可是香港接受程度比較低。」

他舉例，中銀買了他們的人臉識別系統，用於他們存有人民幣和外幣價格浮動等機密資料的 Lab，進一步加強保安。但說到公開應用的，尚海龍吃力想了一會，依舊講不出答案來。

訪問當日，恰巧為《施政報告》公布那天，林鄭月娥明言香港要建設智慧城市和「善用科技」。尚海龍聽後不禁有感而發：「這不應是個口號，要付諸實行。平心而論，香港在這方面做得很差，接受程度不高，總覺得新事物不好，自己現在搞的最好，這對創新科技發展有很大阻礙。」

在他眼中，香港有很多地方都可應用人臉識別，當中一個地方是地盤。香港一直存在黑工問題，長年杜絕不了，但其實在地盤閘口使用人臉識別，問題立刻迎刃而解。「內地已用了，為何香港仍要故步自封？香港技術很落後，或者不叫技術，因為沒有，一切都是管理。」

他透露，林鄭月娥亦有參觀過 Sensetime 的香港總部，希望取取經。那麼，林鄭心儀他們哪項技術？「美圖秀秀。」

「創新荒漠」種出花

商湯其中一個「幕後大佬」是湯曉鷗教授，他目前為中文大學信息工程系系主任，研究了識別技術 30 年，乃此領域的先行者。

另一位創辦人徐立也跟香港淵緣甚深。他 07 年從內地到中大，在電腦科學與工程系念博士。

2011年，湯曉鷗和徐立所在的香港實驗室幾十人開始研究深度學習，成為學界最早涉足此領域的華人團體。2011年到2013年，全球頂級會議上，29篇關於深度學習的論文，他們實驗室獨佔14篇，自此，他們就成了Sensetime的中堅力量。如今，Sensetime的團隊已超過700人。

「我希望日後，大家憑一塊臉，暢通無阻去任何地方。」徐立說出自己的宏大理想。他認為，未來人臉識別潛力只會更大，皆因每個行業總想到應用之地。

沒錯，是方便，但如何化解大眾對於人臉識別的憂慮呢？最簡單，如Sensetime為內地公安部門提供辨識技術，日後會成為中國政府的「維穩工具」嗎？

徐立沒正面回答：「我覺得人臉識別會為大家帶來更安全的社會。現在監控分析靠人，人能接觸到這堆數據，增加數據被披露的風險；相反，科技正正做到各種無人化，換句話說，以後沒有人，嗯，或者很少數人有權力接觸到這堆原始數據。」

「刷臉」時代來臨！

03

FinTech危與機

金融是古老行業。追溯至5000多年前，古巴比倫已經有「跨期借貸」，並因而催生出記錄交易細節的文字；不過，金融發展卻是一部緩慢的歷史——直至十三世紀，現代金融才在威尼斯、熱那亞等城邦逐漸形成；今天，大家琅琅上口的「金融科技」（FinTech）呢？則是二十一世紀產物。

話雖如此，廣義的「金融科技」幾千年來都存在，事關每次通訊變革都會帶來金融變革。在宋朝時空下，印刷紙幣便屬於創新（中國是世上最早發行紙幣）；時至今日，學術界普遍將FinTech歸納為「ABCD」，即人工智能（Artificial Intelligence）、區塊鏈（Blockchain）、雲端運算（Cloud Computing）及大數據（Big Data）。

若然歐洲孕育出現代金融，那麼說現代「金融科技」（下稱FinTech），在亞洲發揚光大亦不為過。畢竟比特幣（Bitcoin）是由「中本聰」發明（日本）、螞蟻金服幾近成為史上最大IPO（中國），以至多個亞洲城市都公開爭做「國際虛擬資產中心」（東京、新加坡、首爾、曼谷及香港）。

不難發現，近10年FinTech的急速發展，其實是始於2008年。正因次貸危機觸發金融海嘯，拖累多間金融機構倒閉，並出現裁員潮，業界需要尋找新出路；另一邊廂，蘋果於2007年推出第一代iPhone，隨着智能手機的出現，無疑是為移動支付拉起序幕。

對建制失去信心

科技開始「到位」固然關鍵，但我們經常將FinTech跟「顛覆」及「革命」相提並論，則遠不止於提高效率、節省成本等原因了！那麼，FinTech顛覆在哪？在革誰的命？歸根究柢，是民眾對傳統金融失去信心，甚至針對政府所壟斷的貨幣制度，而原因是不言而喻的。

2008年為平息風暴，美國政府史無前例實施貨幣量化寬鬆政策（QE），中國「四萬億」大水漫灌，日本及歐洲國家跟隨，各國央行全速開動印鈔機；儘管已經逾十載，後遺症卻是禍延至今，正所謂「覆水難收」，自新冠疫情後，全球經濟陷「滯脹」（Stagflation），陰霾未散；再說，QE客觀效果是劫貧濟富。

比特幣就是一面鏡子。回顧過去10年，人們對虛擬貨幣的態度，一言蔽之，就是瑞士生死學大師庫伯勒‧羅斯（Elisabeth Kubler-Ross）的「五階段」：從蔑視、懷疑、好奇，到恍然大悟，最後接受。加密貨幣有指是一場騙局，多年來醜聞及危機不斷，幣價更暴升暴跌，但自願「入局」的人卻愈來愈多，而且包括舊經濟富豪、機構投資者等傳統勢力。對不少人來說，或可在「五階段」額外補充第六階段，就是if you can't beat them, join them（不能與之為敵，便與之為伍）。

國富 vs 民富

平情而論，現代人的日常生活只會愈來愈虛實模糊。早在金融海嘯發生前，「互聯網金融」已經方興未艾（支付寶就在 2004 年誕生，非洲肯亞電子錢包 M-Pesa 則在 2007 年推出）。確實，所謂「金融」最簡單的答案，就是「所有與錢有關的東西」，而「錢」是否需要「真實」存在呢？倒也不必。畢竟現在的貨幣，也是一堆銀行存款數字，所以早在上世紀中，世界已出現「無現金」願景，特別是發達國家。

只是在手機支付時代，新興國家享有「後發優勢」──要知道，全球有三分之二人口沒銀行戶口，但有智能手機；中國就是佼佼者，可跳過信用卡階段，原因是金融基礎設施本來便落後，民眾首次接觸電子支付已是手機，加上法治觀念薄弱，也不介意用私隱換便利。

手機不同信用卡，延伸金融服務廣闊得多，例如 P2P 網絡貸款、眾籌（Crowdfunding），甚至加密貨幣等，可謂一脈相承，也因而急速發展。所以，在中國，FinTech 一度稱為 TechFin，皆因都是科網公司在牽頭，電商紛紛設立小額貸款公司（例如蘇寧、京東），阿里巴巴和騰訊參股民營銀行，而且獲批。

誰在革誰的命？儘管新興國家金融體系未成熟，惟金融業歷史悠久，又豈會沒有既得利益者呢！而且，作為 FinTech 核心技術之一，區塊鏈強調的「去中心化」，也是與傳統央行功能背道而馳，不難想像已經觸及國家「紅線」。

中國就率先跳出來推「數碼人民幣」（DC/EP，官方名稱為「央行法定數字貨幣」），隨之而來的質疑，就是與民爭利，在螞蟻金服原招股書

上，也將DC/EP形容為「不明朗因素」；另一邊廂，聯儲局實也不遑多讓，正在研究「數碼美元」，而且目標遠不止於「捍衞貨幣主權」，更志在「維護全球主導地位」。

話說回來，為什麼傳統金融需要受監管？原因不外乎三點：一、對社會經濟很重要；二、體系本身脆弱；三、市場訊息不對稱；隨着虛擬經濟規模不斷增加，你會發現同樣道理，套落FinTech皆適用──即使是非傳統金融（包括P2P網貸、加密貨幣等），「爆雷」及「割韭菜」已不勝枚舉，近兩年「幣圈」連環爆破，便夠觸目驚心！

全球監管出現「由鬆入緊」趨勢，以往監管環境友好的國家，開始扭轉政策方針。新加坡自從淡馬錫慘成FTX苦主後，該國已放棄成為「加密貨幣樞紐」；另外，美國起草《穩定幣法案》外，商品期貨交易委員會（CFTC）在2023年3月底亦起訴了全球最大加密貨幣交易所幣安（Binance），涉嫌非法經營，並尋求實施永久交易及註冊禁令。

監管愈嚴愈好？不見得。亂監管恐怕只會扼殺創新、企業家精神，更何況尋回互聯網的「初心」，起始的確存在Ownership概念，402錯誤訊息指Payment Needed，意思就是「付費瀏覽」。撇除8小時睡覺以外，全球每人日均上網時間為6小時42分鐘，如何在虛擬世界內實現「私有產權」，並加以保障？FinTech或可提出方案，儘管目前充斥投機取巧（例如NFT），不過猶如千禧年初互聯網泡沫，爆破後自會留下真正選手。如何中間落墨，考驗各國智慧。

NFT 反網上霸權
建數碼烏托邦

第六屆（2021年）
「恒大商業新聞獎」
「最佳商業科技新聞報道獎」
金獎

李潤茵

你每天花多少時間上網？有報告顯示，撇除8小時睡覺外，全球在疫情爆發前，每人日均已達6小時42分鐘——問題似乎跟NFT風馬牛不相及，卻是揭示其能席捲全球、屢創天價交易的關鍵。

加密貓咪身價800萬

在2021年，購買一對Gucci波鞋Virtual25，介乎8.99至12.99美元（約70至101港元）；一間火星屋則需約50萬美元（約400萬港元）；領養一隻2歲加密貓更誇張，皆因該品種獨一無二，粉紅色毛髮，長上龍翼、龍角及龍尾，起價100萬美元（約800萬港元）。

但通通眼看手勿動，原因是即使「動手」都摸不到——皆因他們是一組編碼。「在現實世界中，購買實體資產，產權獲法律保障，若出現爭

議，可訴諸法律途徑；反觀虛擬世界，過去並未保障財產權。」區塊鏈遊戲企業 Animoca Brands 共同創辦人蕭逸（Yat Siu）告訴記者。

香港誕生 NFT 獨角獸

總部坐落於數碼港，Animoca Brands 躋身獨角獸行列，2021年完成8888萬美元融資，估值達10億美元——旗下主要業務，正是通過NFT向遊戲玩家，提供數碼產權（Digital Property Rights）。

何謂NFT？全稱「非同質化代幣」（Non-Fungible Token），跟為人熟悉的比特幣及以太幣等加密貨幣，概念完全相反。舉例比特幣，每枚價值相同，所以可互換，交易時可分拆；NFT則不然，每枚獨一無二、無法取代、不可分割。

套落現實世界，每張100元港紙，基本都可替換使用，除非那是紀念鈔，由於限量發行，加上印有獨立編號，所以即使同為100元，亦不能同日而語——價值跟稀缺性掛鈎，就是NFT的概念。

2021年上半年，NFT的吸金能力吸引市場注目，最哄動是佳士得（Christies）於3月網上拍賣中，一張NFT數碼藝術品，以6964.6萬美元成交，Beeple成為在世藝術家中，第三高價紀錄。

連傳統拍賣行都參與，皆因NFT與IP（知識產權）需求非常契合。原因正是區塊鏈上，所有交易公開透明、不能竄改，而且永久保存。舉凡藝術創作、音樂及球星閃卡等，現在通過代幣（token）交易會產生「智能合約」（smart contract），紀錄所有權外，還可驗證真偽，結果2021年首季，NFT銷售額已破歷史紀錄。

圖 3.1.1　盤點矚目 NFT 交易

《每天・最初的 5000 天》(*Everydays: The First 5000 Days*)

成交價：
約 **6935** 萬美元

由 美 國 數 碼 藝 術 家
Beeple（ 本 名 為 Mike
Winkelmann），其創作
的 jpg 數碼圖像，在佳
士 得（Christie's）首場
NFT 網上拍賣中，以天
價賣出。

「CryptoPunks」9 頭像

成交價：
約 **1696** 萬美元

堪稱 NFT 界始祖，由美國工作室 Larva Labs 於 2017 年，通過演算法
生成 1 萬張像素人物，每個均具不同特徵，例如髮型、眼鏡及帽子，
原本每款只賣數元，近年大幅升值。

jack ✓
@jack

just setting up my twttr

4:50 AM · Mar 22, 2006

♡ 159.5K　　 💬 129K　　 🔗 Copy link to Tweet

Owned 🔗 by @sinaEstavi

Twitter 史上首則推文
成交價：約 **290** 萬美元

創辦人 Jack Dorsey 將自己 15 年前首發推
文公開拍賣，由區塊鏈公司 Bridge Oracle
行政總裁 Sina Estavi 投得。

《查理咬我手指》
（*Charlie bit my finger*）

成交價：約 **76** 萬美元

3歲哥哥哈利把手伸到嬰兒查理嘴邊，片長僅55秒，卻風摩YouTube14年，累計近9億觀看次數，最後原始版本由匿名賬戶「3fmusic」買下，原定售後下架，後擁有者認為應該續與大眾分享。

LeBron James 12秒入樽片段

成交價：約 **21** 萬美元

NBA Top Shot具官方授權，類似球星閃卡，分別在於NFT是記錄精采片段，目前最貴是湖人球星勒邦占士（LeBron James）用12秒入樽，名副其實「黃金畫面」！

火星屋
（Mars House） 　　成交價：約 **50** 萬美元

人類未踏足火星已賣樓！設計師 Krista Kim 採取鋼化玻璃，將單位劃分三區，再配以流動式無邊泳池，坐落山頂俯瞰全景。

Cyber Sneaker 球鞋

成交價：
約 **12.3** 萬美元

設計靈感取自特斯拉概念卡車 Cybertruck，再由虛擬時尚品牌 RTFKT Studios 後製，獲馬斯克「穿」紅，雖則並非實物，惟足以令售價持續上漲。

F1 賽車
成交價：
約 **11** 萬美元

遊戲公司 Animoca Brands 與F1合作，在區塊鏈遊戲F1 Delta Time，出售首款NFT賽車，買家為用戶「Metakovan」。

圖 3.1.2　NFT製造及買賣流程

①
選擇區塊鏈
在區塊鏈建立及發行NFT，普遍使用以太坊（Ethereum），最著名是ERC-721，升級版標準則是ERC-1155，允許單一合約同時包含同質及非同質代幣。

④
形成數碼資產
開設虛擬錢包後，將擁有一組獨一無二的密碼，用來認證作品、商品所有權，日後出售就是這組密碼，否則都是「贗品」。

②
上載現實或虛擬資產
任何實物或虛擬物件都可打造成NFT，例如圖像、音樂、媒體、遊戲物品、虛擬土地及域名等，然後上載至NFT平台，主要包括OpenSea、Rarible、Mintbase，普遍收取2.5%至15%交易服務費。

③
自訂智能合約
大部分NFT買賣以虛擬代幣交易，所以需要開設虛擬錢包，作品內容遂以「非同質化」形式，記錄在區塊鏈上，並產生合約（contract），條款可自訂；若放上平台售賣，自行定價或公開拍賣皆可，成交價則視乎市場反應。

但在許多人眼中，NFT仍然很「圍爐」。畢竟藝術品屬小眾市場，許多買家都是幣圈中人，所以連推特帖文（由創辦人Jack Dorsey出售），都以290萬美元成交，大眾自然會問「為什麼值錢？」

要拆解NFT價值所在，首先要知道網上世界現存什麼問題。許多人未必意識到「虛擬生活已經是現實延伸，即使未至更重要，也絕對是同樣重要！」蕭逸表示，只要想像自己徹底斷線，「失去Facebook、WhatsApp、微信及淘寶等，生活會受幾大影響？賺錢多了定少了？」

具體而言，假設今天經營餐廳，但沒開 Facebook 專頁、GoogleMap 無法顯示，OpenRice 都搜尋不到，蕭逸反問這樣的餐廳，還能稱得上存在嗎？顧客會找上門嗎？相信答案不言而喻。

虛擬經濟通脹嚴重

既然線上線下緊密結合，那麼是誰掌控虛擬生活的一切？「線上沒有民主制度，沒有法治，盛行霸權主義，基本上 Facebook 可隨時踢走用戶，應用程式是否下架，由 Apple 操生殺大權。」

他表示，即使在傳統社會，假設到球場踢波結識朋友，群體內已產生「網絡效應」(network effect)，惟在虛擬世界則屬於平台的；同樣地，雖然沒人會反對私隱很重要，但有多少人真正重視呢？所謂數據從來都是「Facebook、Google、亞馬遜及騰訊等科企擁有」。

「為什麼科企財雄勢大？原因是他們掌控所有珍貴資源，儼然是統治虛擬世界的皇帝，普通用戶只是農奴(serf)。」正是在科企霸權下，旗下初創提倡 NFT。

在他熟悉的遊戲業，也出現過訴訟。騰訊指控交易平台 DD373，違反協議進行遊戲賬號買賣，要求索賠 4000 萬。案件中，騰訊釋出最關鍵訊息，莫過於玩家僅有「使用權」沒有「交易權」。

「傳統遊戲思維，僅在於提供娛樂，繼而從玩家身上賺錢；玩家投入大量時間，為遊戲物品大量花費，換來開心後，其實從來未擁有任何虛擬資產。」蕭逸批評，虛擬世界通脹嚴重，以遊戲業為甚。

原因是傳統遊戲商，盈利模式通常就是，無節制製造虛擬資產，所以蕭逸形容他們，其實與委內瑞拉等在現實世界濫發鈔票的行徑無異。通脹持續惡化怎麼辦？答案是「割韭菜」。因為遊戲商會「搬龍門」調控經濟，例如令貨幣貶值、填海造地等，「雖然只是打機，但玩家都是人，也會不開心！」

建基於 NFT 的區塊鏈遊戲，正是針對玩家「捱打」的現況，重新賦權他們，尤其在遊戲資產上。其實「資產」概念，在遊戲內並不陌生，舉例《動物森友會》，即使屬於傳統板塊，遊戲內的「大頭菜」，日文名「かぶ」，就具有股票意思；惟《動森》同樣犯下大忌！其虛擬道具及「拎錢」，仍然是無限產生。隨着玩家人數增加，通貨膨脹日益加劇，「銀行」便曾經大幅減息，所以即使在遊戲內，玩家都難逃量化寬鬆。

平行時空實現民主

「戲」如人生，不過是遊戲的戲。蕭逸表示，比特幣的誕生源於，民眾不信任金融機構，結果出現「去中心化」，區塊鏈遊戲同理，終極目標是玩家有權治理（governance），而非遊戲商獨大。那是什麼概念呢？最簡單的理解是「打機可以賺錢」（Play-to-Earn）。

皆因在新模式下，玩家絕對有 say ！有別於單一傳統遊戲生態中，玩家一旦中途放棄遊戲，所付出的努力等於白費；在區塊鏈上，遊戲資產經 NFT 發行會獲認證，玩家不但可自由交易，還可將資產轉移到其他遊戲。

→ 蕭逸見證互聯網誕
生，認為NFT同樣
會徹底改變世界。

如是者，整個行業被徹底顛覆。開發商要另闢盈利渠道，最直接的方法是招攬高淨值玩家，吸引稀有遊戲資產加盟自己旗下；另外，亦可與其他品牌IP合作，製作及出售限量版NFT資產，Animoca Brands旗下就有多款區塊鏈遊戲。

以賽車遊戲 *F1 Delta Time* 為例，當中就包含現實中F1授權的設計，所以由車、零件到車手，以至賽道，均屬限量數碼資產，玩家買下資產，既可自由買賣，存入倉庫亦可定期收息。截至2021年中，該遊戲登記玩家逾4萬，衍生NFT交易就超過5150以太幣（約1.1億港元）。平均而言，玩家能從中賺取每月數千美元收入，頂尖高手更達3萬美元。

「在區塊鏈遊戲生態內，玩家通過NFT，能自由轉移資產，變相是用腳投票，跟現實世界移民一樣。市民可留在香港，或移居新加坡。政府

當然希望吸引人才及資金，站在區塊鏈遊戲商立場，同樣想爭取有影響力的遊戲 IP。」

在虛擬世界內，已經出現「元宇宙」（Metaverse）這個概念，最簡單的理解是「平行時空」——因為在元宇宙內，土地可公開拍賣，地主可出租、收取過路費、參觀費，甚至創造空間，例如策展 NFT 數碼藝術，或舉辦社團活動。旗下另一款遊戲 *The Sandbox*，由 2020 年中至 2021 年中，12 個月內虛擬土地便升值 10 倍。

遊戲提供 5 款不同尺寸土地，最小約 9000 平方公尺，而且供應有限，總面積自發行以來，一直維持固定不變，約 74% 用作出售，目前已售出 45%。如何決定地價？跟現實世界大同小異，視乎土地大小外，還會考慮發展潛力。

舉例若鄰近的土地，有人舉辦博物館，就更大機會吸引訪客流量，升值潛力較大；另外，也可研究土地持有人，以估計其日後發展，目前幣安在該遊戲內，便持有 2.4% 土地。簡單來說，與現實沒分別，投資最緊要做功課！更值得注意是，遊戲內的地價及代幣，可與現實貨幣掛鈎；*The Sandbox* 在全球 NFT 收入中，2020 年排名第四。匪夷所思嗎？2021 年全球遊戲人口約 26 億，虛擬商品銷售，每年達 1000 億美元。

遊戲還僅屬一部分，若按 NFT 將來佔比計算，即虛擬貨幣總市值的 5% 至 10%，規模更是 3000 億美元。2021 年首季，NFT 首季交易額，便達 2.36 億美元，為前一年全年交易額 3.8 倍。

「過去3個月，NFT市場似乎錢途無限；若時間推前3年，加密貨幣卻愁雲慘霧，比特幣3000美元，以太幣低於100美元，不同政府出招……」話說創立於2014年，Animoca Brands起初是手遊起家，直至蕭逸決定轉攻區塊鏈。於是，團隊就在2017年行業最低潮時起，開始投資NFT項目。面對這項嶄新科技，即使今天都存在質疑，而且加密貨幣長期波動，業界辛酸不足為外人道，蕭逸本人都坦言，若為賺快錢不會留守NFT，那麼為愛？還是責任？答案是「為未來30年」。Animoca Brands遠不止於開發遊戲，同時大量投資區塊鏈基建，包括NFT交易平台。

原因是創辦人深信，技術會改變世界，甚至形成虛擬世界文明，「元宇宙」將是主流，擁有經濟秩序，「試想像未來20至30年，人工智能將取代勞動力，傳統製造業式微，人類生活會起什麼變化？首先，未來勞動力，將更重視創造力，然後愈來愈多人，從虛擬世界賺取收入」。

蕭逸想法並非天方夜譚，以色列歷史學家哈拉瑞（Yuval Noah Harari）在著作《人類簡史》已經預言，人類將「靠打機度日」，唯有在虛擬世界，才能得到刺激、投入情感。

F1賽車 vs 林寶堅尼

疫情是對未來的預演。在外國，有玩家失業後，索性打機維生，每日玩2至4小時，每月已賺約1.5萬至2萬港元，甚至有人相當勵志，在遊戲中賺夠錢，在現實中買房子！背後正是通過NFT「邊玩邊賺」，難怪支持者會相信，技術有助「構建更美好的世界」。

既然虛擬世界在未來舉足輕重,「數碼產權」自然是必要的基建,用蕭逸說法則是「難道你寧願生活在產權不獲保證的國家嗎?」如果用香港人熟悉的事物來理解,其實就是租樓與買樓的分別——在沒有NFT下,用戶對數據及虛擬物品僅有「使用權」,相反NFT經區塊鏈驗證,背後具龐大網絡共識,買家遂享「所有權」。

持「所有權」有何好處?以NBA Top Shot球星視頻為例,假設600美元買入,持貨一段時間賣出,價格已超過900萬美元,回報率足足翻1.5萬倍;虛擬的F1官方遊戲賽車,拍賣價原約11萬美元,二級市場售價升至36萬美元。車在虛擬世界會升值,蕭逸反問,在現實世界出售一架二手林寶堅尼是升值還是貶值呢?

NFT顛覆傳統價值系統——最簡單即使沒有實物,虛擬資產都有市有價,並形成「創造者經濟」(Creator Economy),從F1賽車例子可見,虛擬世界由於沒有磨損,不會影響資產估值。

蕭逸分析:「成年人未必很易接受,畢竟他們都是『數碼移民』,無法完全了解網絡文化;相反,孩子生於網絡時代,很快已經理解。」科大教授黃昊便有所體會,不約而同分享,10歲兒子為了電玩遊戲 Minecraft(港譯《當個創世神》)的皮膚(遊戲物品),願意用全副身家購買。

黃昊出身華爾街,目前負責MBA課程,熟悉加密貨幣發展,很早已經緊貼NFT動向。觀察近期資金流向,最熱門項目要數「收藏品」及「藝術」,原因正是創作者能真正受惠,「幾乎所有合約中,也加進交易條件,就是日後轉手,作者能抽取分成,通常是5%至10%」。

原創者抽取分成

技術往往解決現實問題。NFT能針對藝術界及音樂界困境。傳統藝術依賴中介出售作品，問題在於往後銷售，未必確保能獲版稅，所以黃昊表示：「通常作品炒賣升值，跟原創者已無關係」。音樂產業則是不同故事。在華語世界，歌手陳奐仁就率先用NFT方式，推出 *Nobody Gets Me* 及 *The xxxx is an NFT* 兩首作品，分別為他帶來約11萬港元及約156萬港元。表面大有斬獲，實際卻藏着行業心酸。

「生活好不容易！」陳奐仁曾表示，皆因事業起點，撞正CD被淘汰，免費平台貶低音樂價值，衝擊飯碗，惟產業一直苦尋出路不果，NFT彷彿是「曙光」，雖然目前仍在實驗階段。

以陳奐仁為例，兩次發行NFT便採用不同模式。首次是發行單個NFT，以7枚以太幣在拍賣成交；第二次汲取經驗後，則改用幣安幣（BNB），皆因手續費較便宜，並改以定價批量發售，最終推出僅1分鐘，77個NFT悉數售罄，算是在區塊鏈上，初試啼聲報捷。

二級市場分杯羹

創作者不限於個人，還包括品牌。跳出藝術及音樂圈，不難發現目前NFT項目中，交易量最大其實是運動，相信跟NBA Top Shot有關。

該產品自推出後，一直大受歡迎，擁有者超過35萬，單日交易量曾達3200萬美元。不過讓人困惑在，為何「精彩時刻」視頻可在網絡搜索，仍然能夠高價賣出？答案正是「原版」兩個字。無論線上線下，A貨無

處不在。正如奢侈品牌，坊間都充斥高仿，甚至性價比更高，單純追求正貨質量，相信未必足夠說服力。歸根究柢，兩者市場價值差異，取決在獨一無二，以 Chanel 為例，手袋序號便不會重複，只有正貨能滿足優越感。

以售賣「虛擬球鞋」聞名的 RTFKT Studios，顯然捕捉到時尚特性。該公司成立未滿一年，2021 年已宣布完成種子輪融資，其中投資者便包括新世界家族成員、第三代接班人鄭志剛。

要數 RTFKT 的話題產品，相信非 Elon Musk 曾「穿起」的 Cyber Sneaker 莫屬，與加密藝術家聯名鞋款則非常吸金，限量發售，僅 7 分鐘已賣出 310 萬美元，每對平均 5000 美元，「虛擬品牌都有價值，存在大量工藝（craftmanship），設計及三維建模（3D Modelling）已很講究經驗、注重細節」。

聯合創辦人 Benoit Pagotto 指出，傳統時尚產業很積極探討如何用 NFT 開源，皆因即使「他們已經開設電商，但始終無法在二級市場分杯羹」。二級市場吸引力多大？以 NBA Top Shot 作參考，交易額近 50 億美元。

先到先得？ NFT 擁有權難界定

在烏克蘭首都基輔，有套公寓舉世矚目。單位由科技新聞網 TechCrunch 創辦人 Michael Arrington 持有，將會通過 NFT 方式拍賣，2021 年 6 月初掛牌，起價 2 萬美元，成功買家將獲實體房產，附帶產權。

用虛幣買真磚頭

「智能合約」都是合約。負責該項交易的初創 Propy，創辦人 Karayaneva 解釋，NFT 買樓跟傳統最大分別，就是「毋須到土地註冊處，更改業主的姓名」，原因是 NFT 設計，本身就由律師擬定為「將所有權，轉讓給未來買家」。

該房產由美國實體持有，拍賣後以加密貨幣付款，買家只要完成 KYC（Know Your Customer）身份審核，一分鐘內可做業主，成為實體持有人。他日每次轉售附屬房產的 NFT，同樣重複上述程序。「房產可點對點轉移」，Karayaneva 本身從事地產，後來轉戰區塊鏈，認為用 NFT 交易不失兩大好處：一、保障業主私穩，起碼適用於美國；二、節省時間成本。

權利存在爭議

從技術角度，數碼資產連接現實，理論上是可行的。方法是將刻上獨有編號的晶片，綁定至一件實物上，再將晶片的編號，打包進 NFT 內，兩者便連接起來。儘管如此，從法律層面，NFT 備受爭議，當中更存在許多迷思：首先，買 NFT 到底是買到什麼？目前，多數 NFT 指的「所有權」，綜合專家所言，實質就是「冠名權」，不包括複印權及版權。

意思是什麼呢？「等於你可向外界，炫耀『這是我的』！」科大教授黃昊表示，舉例購買加密藝術品，實際只供收藏，不能作商業用途，所以天價交易合理與否，投資者需要自行衡量。

這兒就牽涉到如何定性NFT呢？原因是即使視覺上呈現為畫作，惟買家購買NFT，實際是那組編碼，即「數字檔案」。假設買家打印畫作，已涉嫌複印，惟有法律專家指，很可能也是「懸案」，因對NFT交易的定義，社會似乎未有共識。

NFT只代表「冠名權」，還間接削弱原創作品，保障「知識產權」的力度。原因是NFT上的交易歷史，無助證明版權誰屬。此前，著名藝術家Banksy的作品，就被他人搶先轉化為NFT後，以驚人價錢發售。

在美國的話，當地知識產權法律，雖則適用於虛擬世界，原創者可向未經批准的NFT追索，惟買賣雙方通常匿名交易，所以唯一追究方法，就是要求刪除作品，藝術家要自保，只能鬥快出NFT！

另一邊廂，買家權益是否受到足夠保障呢？NFT不需要實物交接，理論上賣家可把同一作品多次發幣，黃昊則舉個反例，假設買家購入某推文NFT，Twitter公司都可以隨時刪除推文。他的意見是若然有意投資，入市前宜先了解清楚。

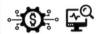

**2021 花旗集團
傑出財經新聞獎
冠軍**

數碼人幣國進民退
TechFin 難敵監管

李潤茵

國之重器,不可示人!在中國高層眼中,掌握龐大資金流向的支付系統正是國之重器,需要牢握在手才能規避金融風險。人行數字貨幣DC/EP(Digital Currency Electronic Payment)這套獲國家背書、能離線交易、容許跨平台的新貨幣,未來有機會凌駕支付寶、微信支付等民間支付工具,一旦國內試驗成功,亦將成為人民幣國際化的一把利器。

國家派「紅包」

「禮享羅湖數字人民幣紅包」真香,可惜名額有限,這次一不留神與您擦肩而過——收到深圳政府發來這則短訊後,王幸平不表失望,皆因在這位資深銀行界人士眼中,沒拿到只是「沒中彩」罷了!

醞釀多年，央行法定數字貨幣（DC/EP，又稱「數碼人民幣」），2020年第四季起不斷走進公眾視野。與香港一河之隔，2020年10月深圳透過抽籤，發放1000萬元數碼人民幣予5萬名居民；中籤者獲200元紅包，可在逾3000間商店消費。在此之前，另一試點城市蘇州，當地公務員自2020年5月起，半數交通補貼已經用數碼人民幣發放，並轉入銀行賬戶；同樣地，可直接用於指定商家交易。

「使用起來跟支付寶及微信支付差不多。」王幸平身在試點深圳，觀察到當地用戶體驗：廣東石油至少11個油站，接納數碼人民幣，消費者只要開通相關賬號，付款時展示二維碼即可，終極目標是全市110個油站用到。

簡單來說，數碼人民幣即人民幣，人行目標是取代M0（紙鈔和硬幣），地位等同法定貨幣，不能拒收，最大賣點莫過於，每筆交易都會即時紀錄，且永久保存，所以各國央行都在研究，用來打擊犯罪活動，但最進取者非中國莫屬。

平心而論，中國的移動支付滲透率，已經遙遙領先世界；而從用戶體驗角度，數碼人民幣與民間第三方支付平台，則分別不大。為何還落力開發央行數字貨幣，背後是否另有盤算？答案可能在螞蟻金服招股書中找到。這宗史上最大型的IPO意外暫停，翻查招股文件發現，原來「DC/EP」早已被歸類為「不利影響」，集團估計央行新舉措會改變行業格局，且「無法充分預見影響」，結果不幸言中。

內地學者胡星斗大膽預測螞蟻A股上市機會渺茫，更甚的是未來趨勢很大可能是「號召或強制全民，使用央行的數字貨幣，從而減少，甚或不使用民間的支付寶和微信支付」。

胡星斗形容，數碼人民幣就是「國家版的支付寶和微信支付」。他分析，央行背後動機莫過於三點：第一、想推動貿易發展；第二、想加強監控資金流向；第三、想加強監控個別人員，以起維穩的作用。「近年中國金融改革，即使對外開放，主要領域還是銀行和保險，數字貨幣則絕不可能，甚至連對內都要收緊。」當中考量離不開兩個字「可控」，比特幣就屬先例，2019年已遭全面封禁。

胡星斗強調，中國內地絕大多數舉措，着眼點都是從「社會穩定」角度出發——「國家要站在金融制高點」，意思就是在民間出現不可控前，政府率先掌握在手中，甚至有機會相關技術走在世界前面的話，就連標準都要緊握在手中。

回顧中國開發DC/EP歷程，可見到何謂「先發制人」。早在2016年，人行已公開招募6位高學歷區塊鏈人才，此乃支撐比特幣的底層技術，核心在於分散式管理賬簿系統。

禁比特幣　保貨幣主權

區塊鏈強調「去中心化」，與傳統央行功能背道而馳，可想像中國政府並不樂見，不過基於管理貨幣的權力，無論是紙幣還是數字貨幣，都必須來自國家，所以數碼人民幣的「初心」，不難發現都是為了「捍衛貨幣主權」，甚至有意回應Bitcoin及Libra（Facebook提倡）。

日本中國專家吉岡桂子，在新作《人民幣的野心》指出，習近平提出「中華民族偉大復興」的起點是鴉片戰爭，此前國內貨幣分散，甚至陷入被「瓜分危機」，「幣制發行權歸屬中央」長期無法落實；所以即便面對「區塊鏈」這種新技術，中國亦要「走自己的路」。

中國確是得天獨厚，人口規模龐大且移動支付普及，基本已經進入「無現金社會」——人行2018年數據顯示，八成以上中國人使用電子支付，即使農村都逾七成；2020年5月，星展報告則指出，交易額連續5年錄得升幅，而隨着新冠疫情爆發，基於要社交隔離，非接觸支付增長更將持續。

不過從央行角度，移動支付再蓬勃、競爭再激烈，還是非掌握在自己手中——皆因阿里巴巴的支付寶及騰訊的財付通（包括微信支付），已佔據逾九成市場份額；反觀傳統金融機構，例如國有銀行，名副其實no stake（無位置）！

圖3.2.1 **兩大科企壟斷中國支付市場**

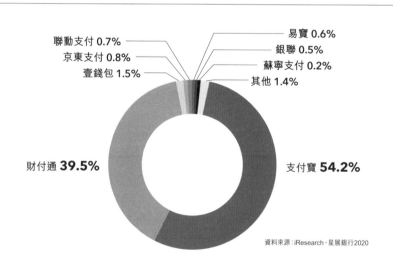

聯動支付 0.7%
京東支付 0.8%
壹錢包 1.5%
易寶 0.6%
銀聯 0.5%
蘇寧支付 0.2%
其他 1.4%

財付通 **39.5%**

支付寶 **54.2%**

資料來源：iResearch、星展銀行2020

「DC/EP 這場實驗，在我看來最大好處，就是將國營銀行拉回市場，從而分散私營企業的影響力。」科大商學院副院長許佳龍表示，私企始終不是國家機構，沒義務完全配合國家，例如調控金融市場。

螞蟻及騰訊便早有「叛逆前科」——《金融時報》去年報道，兩巨頭旗下信貸平台就曾拒絕向人行交出客戶資料，遂激發人行牽頭成立「百行徵信」，瞄準4.6億非銀行人口數據，意圖打破寡頭壟斷。回到數碼人民幣，央行經年研究，最終採取「雙層運營體系」（由央行把數字貨幣兌換給銀行，再由商業銀行負責向公眾發行），某程度已經證明，有意扶持國有銀行。

從深圳測試可見，項目由央行主導，參與者則是四大銀行（中國銀行、農業銀行、建設銀行及工商銀行）。「央行及商業銀行，關係從此改變，由監管變合作。」許佳龍說：「這種模式只有中國能出現。」在此模式運作下，央行由發行、流通、管理、回籠、投融資等真正全面監控，「甚至可隨時銷毀數碼貨幣，舉例當DC/EP追蹤到黑錢，央行可以直接將該筆款項，從電子錢包內廢除（invalidate）」。

許佳龍補充，數碼貨幣非必定要「去中心化」；中國政府「鑄造」數碼人民幣，就已經因應國情來設計，例如保留中心化，還有「可控匿名」，意思就是央行作為第三方，仍然有權查詢數據。

刻意模糊公私企

螞蟻金服只是中國科技金融業（TechFin）的縮影。數碼人民幣面世後，隨之而來的質疑，就是與民爭利。儘管人行再三強調，與支付寶及微信「不存在競爭關係」，兩者屬於不同「維度」，不過亦存在兩個客觀事實：

第一、深圳開展數碼人民幣試點後，最高興相信是銀行。原因是「錢放的地方不同，微信支付歸騰訊，支付寶則歸螞蟻金服，DC/EP最終都歸國有銀行」，王幸平作為資深銀行中人，曾任職深圳特區人行及中資商業銀行，知箇中玄機。

第二，即使螞蟻金服沒有對外宣稱，但有員工透露，對於數碼人民幣，內部已經視為「直接競爭者」，並已組成逾20人團隊，專責應對相關政策；在招股書內，同樣已描繪成「不明朗因素」。

實情4部門約談馬雲、螞蟻暫緩上市前，中國政府的「有形之手」已有跡可尋。通過新規定監管市場外，科企從前不受金融監管，2018年起都開始受約束，進行支付必須通過「網聯清算」。

科技金融的野蠻成長戛然而止。在第二屆外灘金融峰會上，國家副主席王岐山（編按：2023年3月卸任）強調，中國金融的「三不」：不能走投機賭博的歪路、不能走金融泡沫自我循環的歧路、不能走龐氏騙局的邪路。

王岐山的發言有無弦外之音見仁見智，不過新型「國家資本主義」，已成為主旋律。核心思想在於「加強黨的控制」，所以自2012年起，國企與私企的界線，開始愈來愈模糊。最經典莫過於「黨委入企」，上至科技巨擘，下至新興初創，無不例外，阿里巴巴還最早將黨支部升格「黨委」，騰訊則坐擁過萬黨員。不過，政治「保險」始終很難買。螞蟻上市計劃告吹後，騰訊創辦人馬化騰，亦辭去財付通法人，只留下「耐人尋味」4字。

圖 3.2.2 　中國中央結算系統

以前　　　　　　　　　　　　　　　　　　現在

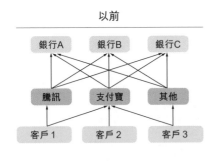
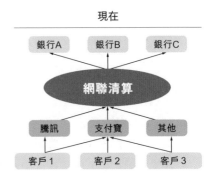

資料來源：Frost等，在列舉的著作中、BIS、星展集團2020

新「計劃經濟」

無可否認，中國經濟正邁向新階段，在強調監管的氛圍下，數碼人幣有機會大派用場。首先，可監控真實貨幣數量。星展銀行高級經濟師周洪禮負責撰寫數碼人民幣研究，發現過去10年，中國貨幣供應量因移動支付呈「交叉趨勢」，M0及M2比例亦因而處於低水平。

「從金融科技角度，這反映國家愈來愈先進；另一邊廂，也反映央行對資金流掌握降低。」周洪禮指出，消費者不會區分M0及M2，但央行制定貨幣政策，就必須掌握全局。DC/EP跟民間支付平台，在央行眼中便截然不同。「皆因前者屬於M0，但支付寶及微信支付，透過提款卡及信用卡衍生出來，所以屬於M2。」

周洪禮解釋，支付平台衍生的投資產品，例如餘額寶等，均屬表外交易（off-balance sheet transaction），導致 M2 無法反映真實情況，變相影響調息及降準，皆因兩者均以 M2 為指標，「如能吸引到人們使用 DC/EP，央行亦能重掌所有賬目」。

失去財務自主

M0 數字同樣被低估——舉例華融前董事長賴小民，被判貪污後，當局在其住所就搜出 3 噸外幣現金，總值 2.7 億元人民幣；早年，有位能源局煤炭司副司長，同樣在家中藏有大量現金，總值高達 2.3 億；當數碼人民幣全面進場，「黑錢」將會無所遁形。

其次，數碼人幣可成為金融調控工具。舉例政府增加貨幣供應，目前做法是將資金，由央行轉到私人銀行，再借貸給私人公司及機構，一層一層注入實體經濟。中大經濟系副教授莊太量撰文指，數碼人幣可做得更到位，央行若刺激經濟，就直接在每人電子錢包借貸，例如免息額度 1000 元，人們可即時消費將錢注入經濟；相反，經濟過熱則在電子錢包發債券，而政府毋須擔心市民不還錢，因為要提取現鈔，電子錢包是唯一途徑。

胡星斗進一步補充，連「限制消費」都可針對進行，例如「只允許在山西消費，不允許在河北消費；只允許購買食品，不允許購買奢侈品」，背後取決於指令，關鍵是「技術上做得到！」

數碼人幣是雙刃劍，用私隱換來的便利，往往是限制自由。錢包必然跟身份證連繫，政府名副其實揑住錢包，控制人民經濟活動、調配全

國財富。日後，政府要凍結財產，一鍵已可完成，想跑路？門都沒有！分分鐘火車票都買不到，皆因電子錢包已失效。

可控的國際化

長遠而言，中大金融學教授陳家樂向記者表示，發展數碼人幣還是有利於人民幣國際化，「正因人民幣不流通，所以對中國政府來說，數碼貨幣可能是理想工具」。

一直以來，人民幣國際化都舉步維艱。自2015年，國際貨幣基金組織將人民幣加入特別提款權貨幣籃子後，幾近已畫上休止符。歸根究柢，源於中國政府未能接受，人民幣價格在紐約、倫敦及東京市場內，每天自由波動，同時也害怕資金外流。

陳家樂歸納中國的兩難取態：一方面，想人民幣為國際貨幣體系接納，打破美元及歐羅主導局面；另一方面，又擔心人民幣全面流通及兌換後，資金大舉流出歐美，所以從未撤除資本管制。

↑ 陳家樂指出，從金融學角度，螞蟻暫停上市算是「新興市場風險」，不過中國已非新興市場，估計集團短期內無法重啟IPO。

數碼人民幣能兩者兼得？「一方面，數碼貨幣較簡單及方便，希望能吸引其他國家使用；另一方面，數碼貨幣好處在於，可以在控制範圍

內流轉，舉例在大灣區設定數額，容許貨幣在區內遊走，只要走不出去，已經釋除國家疑慮。」

不過，陳家樂坦承，執行上要看民眾接受的程度，從生意人角度，數碼貨幣變相公開賬目，企業或有保留；但事在人為，視乎央行願意提供多少誘因。「以投資為例，假設國家提高額度，但前提要用數碼人幣，民眾未必不接受。」

回顧中國經濟發展，陳家樂形容「時鬆時緊」乃過去30年的循環：從金融學者角度觀察，他表示目前內地金融市場，確實存在風險：資訊不流通、市場參與者投機味濃、經濟下滑更突出問題，所以當局加強監管，他認為無可厚非。「DC/EP牽涉的技術，其實就是貨幣收藏的情報，透過追蹤資金流向，以解除國家的擔心。」這亦意味已經涉及監管層面，所以可想像「央行不太可能靠民企，四大銀行才是『自己人』吧！」

「數碼港幣」無市場　輸出DC/EP更有作為

國家要推數碼人民幣，深圳已經率先成為「排頭兵」，香港亦都在2020年8月初步接到「任務」──商務部發布通知，提到粵港澳大灣區具備條件，亦是中央首次明確將香港納入試點。論條件，香港順理成章。莫說是國際金融中心，更是全球最大離岸人民幣中心，逾七成人民幣支付在港結算，可望輸出數碼人民幣；財庫局局長許正宇就表示，金發局小組會研究相關機遇。

建立跨境貨幣

中國DC/EP如箭在弦，香港亦不宜怠慢。實情早在2017年，金管局已經開展關於「央行數碼貨幣（Central Bank Digital Currency，簡稱CBDC）的研究，並於2019年聯同泰國央行，合作「Inthanon—LionRock」項目，當中包括跨境貿易支付測試。

倡議「區域數碼貨幣」的，還有金管局前總裁陳德霖。2020年4月他就建議中國、香港、日本與南韓，用本幣組成一籃子貨幣推出。好處在於跨境支付時間，可由3至5日，縮減為即時到賬；支付成本則降至現水平的四分一至五分一。

2020年中國兩會期間，全國政協委員沈南鵬同樣提出，用4種貨幣組成「數碼貨幣」，以便跨境支付，並藉此令香港這一國際金融中心，也進入數字經濟時代——畢竟香港在九七前，領先全球推出「八達通」後，迭後10年未再有突破，直至2018年推出「轉數快」，方便跨行即時轉賬，才算是邁出了一步。

「傳統以來，香港的電子支付平台百花齊放，沒有一枝獨秀。」科大教授許佳龍認為，這反而有利推動數碼貨幣，原因是「在電子商務的世界，用戶習慣主宰成敗」。

設法互聯互通

他解釋，比起內地，香港勝在P2P沒那麼普遍，目前許多交易仍無法電子支付，舉例搭的士，「內地用到支付寶，香港卻很麻煩」。改變使用習慣，相對比較困難，他估計推動央行數碼貨幣，香港分分鐘成功機率更高！

只可惜香港始終小，「市場規模有限」。中大教授陳家樂不建議研發「數碼港幣」，倡議直接用DC/EP，大方向應是「跟國家接軌」。香港眼前是一大機遇。「作為國家對外金融、貿易窗口，香港可以協助推廣數碼人民幣，使其更為國際社會接受，若然跨國企業來港經貿，願意用DC/EP結賬，已經推動到人民幣國際化了。」

另外，陳家樂還提醒，不要忽略大灣區。「現在提倡結合，內地人來港投資，例如保險產品，國家是允許的，問題在於到期時，他們會將錢轉出大灣區外；若然能夠借助數碼人民幣，投資大灣區金融產品可互聯互通，香港將來會有頗大發展空間。」

凡此種種，首先要香港認清定位。一直以來，國際金融中心被詬病金融科技落後。目前，中國數碼人民幣仍處於試點階段，具體政策尚未落實，香港不如趁這時機，思考如何善用金融優勢，迎接數字經濟，這樣才不至於「食老本」！

發達無捷徑
ICO疑非法集資

信報月刊編輯部

ICO究竟是金融創新——可高效率地解決初創企業融資的難題，抑或只是非法集資手段？ ICO不斷生產的虛擬貨幣，究竟是比法定貨幣更有潛在價值，抑或只是一場尋找傻瓜接火棒的騙局？ ICO推介會每日都在香港半公開地上演，記者早前就直擊一個恍如佈道會的場景。信不信由你！

一幣當道，雞犬升天！

虛擬貨幣價格狂升暴跌，「龍頭」比特幣於2017年底曾經升穿2萬美元，但2018年2月，卻跌穿7000美元，之後又漸漸收復失地。據CoinMarketCap數據，比特幣於2017年初僅957美元，單單2017年漲幅已達1277%，更莫說面世至今，但暴漲的遠不止比特幣！以太幣、瑞波幣及萊特幣更驚人，都是以幾何級數倍升，而現在談論的，僅僅是市值前10種的虛擬貨幣。

1400 種幣瘋狂吸金

坊間愈來愈多靠虛擬貨幣致富的「勵志故事」，但很多人都警告虛擬貨幣隨時會一文不值。2018 年 2 月，高盛便發表報告指出，虛擬貨幣缺乏內在價值，大多數在未來終將無法繼續存在，價格最終會跌到零。這意見基本上與「以太幣之父」一致。以太幣共同創辦人 Vitalik Buterin 早前就在 Twitter 出帖表示「虛擬貨幣仍是一種新且具有極強波動性的資產種類」，並指出如果想找一個地方存放存款，傳統資產仍舊是最安全的選項。

然而，群眾投入這輪狂潮顯然並非追求安穩。香港證監會中介機構部執行董事梁鳳儀透露，目前全球已發行虛擬貨幣約 1400 種，單單 2017 年即發行逾 200 種，《紐約時報》更索性將 ICO 形容為「最簡單的通往財富之路」。翻查虛擬貨幣統計網站 CoinSchedule，資料顯示 2017 年全球 ICO 集資額高達 38 億美元（約 297 億港元），項目涉及領域更多達 30 種，包括基建、金融、醫療，甚至法律、房地產及人工智能都有。

無王管 IPO 無牌更自由

有圈內人形容，參與 ICO 者就似要在「15 年前買騰訊」。在比特幣及以太幣的強大「光環」下，不少散戶毅然進場只為「博中」2.0。ICO 全稱為「首次代幣發行」(Initial Coin Offering)，跟 IPO (首次公開募股) 名稱相似，但卻比後者「更自由」！無需要排隊、無需要審批、無論你是誰、身處任何地方，在浩瀚的網絡世界，只要複製一串代表「錢包地址」的代碼，將一定數量的「原幣」(通常是比特幣及以太幣) 或現金，發給 ICO 項目發起人，你便可參與 ICO。

步驟確實有點似「認購新股」，但對ICO發起人來說，另一種「自由」就體現在不用割讓股權、不用經歷傳統風投繁瑣而漫長的融資過程，更快速融得大筆資金。在ICO的世界，投資者不叫投資者，稱為「代幣購買者」（Token Buyer），若然他們「認購」成功，就會持有相應數量的「代幣」——即一種新的虛擬貨幣。

表3.3.1　**虛擬貨幣千奇百怪**

沒內容	
多吉幣（Dogecoin）	別名叫「狗狗幣」，創辦人Jackson Palmer指出，這是2013年有一天，自己無聊喝着啤酒而想出來的虛擬貨幣。儘管無實際用途，近兩年軟件都沒更新，「狗狗幣」卻依然受到追捧，2017年聖誕飆破10億。看到如此「無厘頭」的升勢，已離開「狗狗幣」的Jackson Palmer近日表達不解，也流露出對虛擬貨幣未來的擔憂。
Fuckcoin	中文叫「法克幣」，2014年創立。白皮書欠奉實質內容，但無阻價格暴漲，發布後的24小時就上升了370%。
有內容	
AVH幣	由日本老牌情趣用品公司PNG社長奧伸雄於2018年創立，知名AV男優加藤鷹和女優波多野結衣擔任顧問。用戶購買AV影片時，可以AVH幣購買，或利用AVH幣來投資開拍新AV影片。透過smart contract，合約內容更改不了，解決AV業界常不依合約內容付款的弊病。
汗幣（SweatCoin）	由英國公司Sweatco於2017年夏天推出，不時成為iOS App Store及Google Play Store下載榜首。透過手機內的GPS定位及加速計，追蹤用戶步數，每1000步可獲0.95個「汗幣」。儲夠指定金額的「汗幣」能換取獎品，如雜誌、1000元PayPal現金、iPhone X。

ICO最早可追溯至2013年，有個項目叫Mastercoin，號稱會拓展比特幣功能，終募得5000個比特幣，項目現時仍存在，易名為Omni。Mastercoin已顯得微不足道，要數史上最成功的ICO莫過於虛擬貨幣「第二把交椅」的以太幣。2014年7月，公共區塊鏈平台以太坊（Ethereum）推出ICO，產生以太幣。白皮書寫道：它是下一代智能合約和去中心化應用平台。以太坊面世後，「幣圈」從此多事！

90%失敗　政府圍剿怪圈

ICO井噴皆因十居八九代幣都是基於以太幣開發。全球虛擬貨幣，2013年不過80餘款，發展至2017年已翻近20倍，而且已經出現很多「怪幣」，良莠不齊。ICO發布白皮書形式似IPO招股書，但前者多如繁星，而且質素參差，很多時不過是「項目計劃書」，甚至沒加以闡述如何實現技術，更遑論招股書所需盡職調查（due diligence），所以連比特幣基金會執行董事Llew Claasen都看淡虛擬貨幣，「90%會失敗！」世界不同監管機構已經開始圍剿這種新型融資方式，英國金管局直接呼籲：「投資比特幣小心血本無歸！」

在香港，所有ICO凡涉及「證券」性質，例如股息及債權等，均需受證券法例規管。2018年2月初，證監會便先後致函7間虛擬貨幣交易所及7位ICO發起人，警告沒有領取牌照不得買賣「證券型」虛擬貨幣。

免費講座臨時變 ICO

「伏味」愈來愈濃，Facebook 於 2018 年 1 月底亦宣布，所有虛擬貨幣及 ICO 廣告下架，防止欺詐訊息橫行。就在全面封殺前夕，記者見到一則廣告，那是一場由新加坡某集團主辦的「虛擬貨幣投資者峰會」免費講座，「有幸」趕上尾班車，更意外參與了一場所謂「pre-pre-ICO」。

「你要比特幣嗎？ Say Yes！」

星期日的尖沙咀，某酒店宴會廳充滿「口號」。記者進場時已幾近座無虛席，場內目測起碼 1000 人。主辦單位的拿手好戲就是大型演講會，在新加坡開會時人數往往以千起跳。集團號稱「亞洲最大教育培訓機構」，經常舉辦類似 TED Talk 的活動，主講嘉賓位位世界級，場外巨型展板即顯示粒粒巨星，連美國總統特朗普都「被貼堂」。不過今天主角是虛擬貨幣。

「快拿比特幣！」司儀一聲令下，大批與會者湧到場邊「搶幣」，而那不過是一塊「實體比特幣」紀念品！但司儀不忘挑釁道：「即使免費，還是有人不搶！」這輪熾熱的「熱身運動」不過是用心理手法埋下伏線的技巧罷了！

所謂「峰會」主題不外乎是介紹虛擬貨幣發展、解釋何謂 ICO 等基本概念，但他們會將 ICO 正面包裝成「I C (see) Opportunity（我看見機會）」，並且邀請了一批「先行者」站台分享自己如何靠比特幣發達，三四十歲就已經財務自由云云；然後，有批「西裝友」外籍專業人士分析後市，主旋律是「透過參與 ICO，尋找下一隻比特幣」。

以上都是紙上談兵，演講「質變」始於主辦單位負責人，他先花相當時間分享自己的人生，強調集團有逾20年歷史，接着就談到最新「大計」：準備建立一個類似Netflix的平台，但內容是類似TED Talk的片段，而訂戶支付不同於傳統，非現金或信用卡，而是使用其稍後發行的代幣──SuccessCoin。話鋒一轉，事前毫無預告，他向在場人士宣布，即場進行pre-pre-ICO，大台屏幕隨即顯示認購價單，「預購會有獎賞（bonus），可獲回贈代幣，不過僅限今天！」他以滿腔星式英文向與會者呼籲。

有人開始搶閘購買，有人開始滿臉問號。其中，有兩位中年婦人成為「先行者」了！她們選擇少少地購買500美元，其中一位更雀躍告訴記者，去年透過朋友以50歐羅買入比特幣，「已經賺了！」

師奶：「就是比特幣！」

你明白SuccessCoin是什麼回事嗎？她毫不猶豫秒回：「這些就是比特幣！」當天，主辦單位接受比特幣、以太幣、信用卡及現金（美元及港元）；語畢，她們就在銀包掏出花綠綠的港紙。銷售手法似傳銷，SuccessCoin不過是冰山一角。後來，記者再上網下載其白皮書，洋洋灑灑53頁紙，相信當天在場爭相認購的群眾中，沒有多少曾經仔細研讀過，第1頁第1段已經聲明「不受新加坡證券期貨法（SFA）規管」。

據白皮書，SuccessCoin集資目標額為5000萬美元，期望透過預售募到2000萬美元。事實上，截稿兩天後，同類「峰會」將會在南非上演。

「他自己都說不保證升跌，現在就似招股，也似當年雷曼，都是看誰接火棒。」當天，同場除了資深買家，還有年輕虛擬幣愛好者正盤算

應否入貨,「這間年年都會來港,但ICO真是第一次」,連他都不知道會即場預售,坦言「輸都是幾百美元,贏就10倍!」過幾天,記者再與該名有興趣者聯絡,他表示閱畢白皮書後,不太buy其概念,所以放棄購買。

區塊鏈是衝量標準

嚴格來說,ICO沒有定義、沒有指定流程,所以監管起來相當困難。澳洲在虛擬貨幣領域走在世界前沿,其證監會主席Greg Medcraft都指出,很多虛擬貨幣不具有傳統證券特徵,所以也超出傳統證券監管範圍。

香港面對同樣困難。儘管證監已經表態,但科技業界擔心代幣屬證券與否難界定,而已完成項目會否追溯,恐有灰色地帶;有學者則憂慮ICO沒有地域界限,消費者不幸「中招」亦難以追討;有法律人士則指出,政府雖然列明虛擬貨幣屬商品,但只要項目性質有投資成份,仍可質疑其為集資。換言之,ICO是否非法集資仍難判斷。

另外,ICO項目往往與區塊鏈相關,很多時連產品都沒有,僅憑一份白皮書,號稱解決了一個問題,再找一批KOL站台,不斷進行路演,只要新幣上線暴漲賺錢,願意「接火棒」者,恐怕大有人在,ICO圈錢個案更是不勝枚舉。

雖則通常都是募集比特幣及以太幣,但赤裸裸收取現金,眼下已經有活生生個案,而且即使前兩個虛擬貨幣,要換成法幣其實易如反掌,如是者不法之徒要「空手套白狼」絕對有機會發生。

表 3.3.2　ICO 圈錢個案

Bancor.network	一個美國和以色列人為主的團隊，募集了 43 萬以太幣，市值 3.5 億美元。
Status.im	一個由俄羅斯、美國、南非、烏克蘭等地 10 人組成的跨國團隊，募集了近 79 萬以太幣，市值 6.4 億美元。
Press.one	由被喻為「中國比特幣首富」的李笑來設立，白皮書未寫已籌了 2 億美元，但後來中國禁 ICO，有傳媒指他以另一計劃 B.Network 借屍還魂。

圖 3.3.3　區塊鏈如何運作

John 想傳送比特幣給 Mary

當 John 發起這項交易時，有關交易請求便會在網絡上顯示為一個待核實的「區塊」。

有關「區塊」會自動傳播至網絡上其他比特幣使用者電腦上（稱為礦工）。

「區塊」被加進「區塊鏈」之後，Mary 便會收到 John 傳送給她的比特幣。

已批准的「區塊」被加進「鏈」內，連接其他「區塊」形成「區塊鏈」。已加入「區塊鏈」的交易不能取消或修改。所有比特幣使用者都可以查看「區塊鏈」上的交易。

在線的礦工透過電腦運算共同核實及批准有關交易。比特幣網絡會給予礦工特定數量比特幣作為回報。

資料來源：投資者教育中心

大量ICO出現，魚目混珠屢見不鮮。「沒有區塊鏈，ICO純粹是空談。」科大資訊、商業統計及營運學系副系主任許佳龍強調，必須了解背後技術區塊鏈，用「打麻雀」作比喻，就是一枱四隻腳總要有人記數，找個沒落場的人記數，你們信不過，於是就用本電子數簿，次次食糊那位記數，資料會同時自動複製到另外三家。如是者，即使打完八圈，大家各自拿自己本數簿出來，條數都一樣的。

聽懂區塊鏈所謂何事，乃辨識真假ICO基本功夫，皆因愈來愈多混水摸魚案例，即使知名企業都有機會「博大霧」！例如美國「長島冰茶」2017年底將公司改為「長區塊鏈公司」，股價即暴漲500%，但原來與區鏈沒絲毫關係，被狠批炒話題。

「應用很重要，否則用ICO包裝銷售已知產品並沒有價值。」他建議消費者，評估項目願景實在與否時，可以提出四大叩問：一、到底行業是否必需區塊鏈？二、公司運作是否需要區塊鏈？三、區塊鏈如何解決問題？四、使用區塊鏈後有什麼好處？

似科網泡沫2.0　學者憂劣幣驅逐良幣

科大教授許佳龍乃網絡保安專家，2017年着手研究比特幣。坊間愈來愈多ICO項目，這位教授在香港、新加坡及美國都接觸過相關業界，偶爾甚至會提供顧問意見。隨着炒風漸趨熾烈，近來各地政府打擊愈來愈嚴厲，他透露有新加坡公司，因此決定要暫緩相關計劃，「主要怕政策風險」。

ICO 發起人其實承受很大風險，皆因價格波幅太大。「一旦政府突然勒令退款，我都為他們傷腦筋，可以怎樣退款呢？」他解釋，ICO 項目通常「集幣」，集的是比特幣及以太幣，然而虛擬貨幣價格太波動，這兩隻龍頭貨幣尤甚，「去月收集以太幣時，價格仍在 1000 美元；明天要退款，分分鐘已升至 2000 美元，可去哪兒覓得以太幣呢？」有見前景未明，不少 ICO 項目原本蓄勢待發，結果還是臨陣退縮。

投機製造壞蘋果

有位準 ICO 發起人曾向記者吐苦水：「現在未開口已經有原罪！」他指出，由於 ICO 形象負面，自己已試過不只一次，僅是放口風想推動 ICO 就遭白眼，「舉個例子，為了獲得保障，他們要我先花幾十萬，出份法律文件」。以免先入為主遭歧視，現時 ICO 計劃，已改口叫 Token Sales（代幣發售）。

許佳龍分析說：「投機會導致很多壞蘋果，造成大家心存懷疑，結果打擊了整體的發展。」他擔心會出現「劣幣驅逐良幣」，扼殺有心項目。沒錯，目前九成 ICO 都是「劣幣」，但餘下一成實際有機會是「良幣」。「真正的 ICO、利用創新解決問題的項目，他們喜歡清晰的指引，對政府近期打擊不良之風的行動持正面態度，因為他們都想給予外界信心，澄清並非所有 ICO 都是騙局」，許佳龍分享與業界交流所得，而那位準 ICO 發起人亦明言：「我寧願有監管！」

二人都認同目前政府觀望的取態，比較令人無所適從。

退潮才知誰是「幣界亞馬遜」

「目前的ICO熱潮很似千禧年科網爆破前夕」，許佳龍嘗試作出比較：一、支撐技術，當年是互聯網，現在是區塊鏈；二、賣點，當年是去中間人（deintermediation），現在是去中心化（decentralization），同樣是減低、節省交易成本，「其實一模一樣，但大家都知道，後來科網股泡沫的結果！」九成科網公司沒價值！歷史不斷重演，他相信九成ICO都沒價值。不過這位科技教授始終深信：「ICO本身的技術沒問題！區塊鏈暫時沒法攻破，否則恐怕連網上銀行都不再安全；長遠而言，技術永遠會改善。」科網泡沫爆破後，少數滄海遺珠後來搖身一變成為領導群雄的科網巨擘，「當年亞馬遜都捱得很辛苦！」ICO是否應該全面取締呢？許佳龍投反對票，因為ICO去蕪存菁後，假以時日可能會出現幣界的亞馬遜。

靠外傭推無現金
香港淪二線城市？

03-04

第二屆（2017年）
「恒大商業新聞獎」
「最佳商業科技新聞獎」
金獎

許創彥

非洲的肯尼亞以至鄰近的中國、印度等發展中國家，手機支付大行其道，與這些金融基建不完善的地區相比，香港顯得大落後，專家憂慮如不急起直追，將損害國際金融中心地位。但在 2017 年香港，推動這場無現金革命者，竟然是來自第三世界的 35 萬外傭。

以往，一口頂好英語、電話不離手的白領，是中環精英的標誌。

但這群中環精英的地位受到挑戰。金融區內冒起了另一批「中環精英」，在科技年代，人人躍躍欲試手機支付之際，她們已比香港人走前了兩年，堪稱香港手機支付的先行者。她們是星期日才會出現的菲傭。

2017 年 11 月中，記者約了來港 12 年的菲律賓女傭 Crystal 做訪問，發現當日是她的大日子——她這年趁星期日有空餘時間，修讀了一個資產管理的課程，剛好畢業。

變手機達人　源於痛苦經歷

這是拜手機支付所賜的，「之前我每個星期也在浪費時間」。這段外傭蛻變史，要從環球商場說起……

星期日的中環，有它一套規則：星期日，中環的命脈不在IFC，而在環球大廈地下至3樓的商場；星期日，中環最大的生意不是股市，而是滙款。當天，幾千名外傭蜂擁而至滙款，喚醒這座星期一至六都在沉睡的商場，場內3間菲律賓銀行和十多家滙款店門庭若市。喧囂中，逾千萬港幣無聲飛抵東南亞諸國。

可是，無聲的背後，又混滲着漫長的煎熬。「你以為滙款真的按兩個掣就可以嗎？你猜猜每次要用多少時間？」以往Crystal每兩星期要滙款一次，每一次都是煎熬。記者沒頭緒，她忍不住苦笑道：「你相信嗎？好運的話，都差不多4至5個小時！」

外傭精打細算，大家都不約而同地選滙率最實惠那幾家店。人家早上9、10點已搶先排隊，「我卻在西貢打工，出到中環都一兩點了，高峰時段，注定無了期的等。」Crystal憶述，自己已不下十數次從店舖所在一樓排到上二樓。就這樣，Crystal每個星期天都等到入黑：「我辦完所有手續都晚飯時間了，西貢的巴士班次有限，我還要狼狽趕車。你看，我有假期嗎？我根本沒有！」

的確，記者其後到了Crystal提及的滙款店一看，下午3點多，粗略估計都有30人在排隊。等候的人群，大多掛着一張不耐煩的苦瓜乾臉。

← 環球商場裏，
　TNG惹來愈來
　愈多外傭注視。
　（許創彥攝）

環球商場成支付戰場

正是這種不耐煩，讓不少外傭「變心」，轉投手機支付的懷抱。2016年起，兩大本地手機支付品牌Tap & Go和TNG開始滲透環球商場，逐漸俘虜了外傭的心，包括選擇了TNG的Crystal。「它真的很方便，只要我到便利店充值後便能隨時滙錢，滙率都跟我舊時滙款店的相若。我頭11年在香港都在無止境等待滙款，現在我終於不用了！」說得興奮的Crystal調整了一下語氣，再補充道：「以往人手滙款偶爾會有錯漏，發現了要親身到中環處理，之後更要收取多遍服務費；手機支付不用，而一年來只出現過一次問題，也就是上午滙不了錢，下午才滙到這樣罷了。」

上述各項賣點讓這兩個品牌在環球商場迅速站穩陣腳，特別是TNG。2017年8月，TNG公布數據，全港35萬外傭中，約三分一人選用

TNG 的電子錢包。另外，他們表示在外勞電子滙款市場佔有率已達七成，2017年10月交易量更突破了8億港元。

眼看屬「無銀行賬戶人口群組」（unbanked population）的外傭發展潛力龐大，香港「股王」騰訊2017年1月亦加入戰團，推出「We Remit」產品，以「5秒完成線上滙款」、「15分鐘內可取款」作賣點，並且在皇后像廣場辦教學活動，專攻17萬名菲傭。

奇怪嗎？本地薑Tap & Go和TNG資源有限，要出奇謀攻外傭市場尚能理解，但為何在中國身經百戰的騰訊Wechat Pay一來香港，不瞄準白領，反倒賺外傭錢？原因有兩個：第一，外傭市場並非完全無肉食，如果以總數35萬外傭，最低工資4310計算，每月收入15億，即使一半滙回老家，也有七八億。第二、香港本土市場太過封閉，需要時間深耕。

聯合國2017年初發表報告指，支付寶連同微信支付，2016年的交易額一共錄2.9萬億美元（約22.62萬億港元），較2012年的810億美元（約6318億港元）大增約35倍。但香港首季移動支付交易額卻不升反跌，只有13.56億宗，按季下跌3.7%，交易額294.33億元，按季亦跌1%。

手機支付有廣度，無深度

其實，「無現金」概念早在上世紀中已出現，上次的「無現金革命」，主角是信用卡；今次主角轉了，變成手機。世界各國都積極投身「革命」。新興國家如中國、印度、肯尼亞，由於國民首次接觸電子支付已是手機支付，沒既得利益者的阻撓，發展暢順飛快。

發達國家也不甘讓新興國家專美，如瑞典近年已力推手機支付，鼓勵國民轉用由國內6間銀行研發的SWISH。2017年8月，新加坡總理李顯龍公開呼籲不該滿足於信用卡，要效法中國，趕緊讓手機支付在全國普及。諸國皆明白，信用卡與手機不同，不能以「電子支付」一概而論，因為手機做到信用卡做不了的東西。一機在手，能付款，能轉賬滙款，能交電費水費，能預約看病，能投資，不受時間地域限制。

這些一概是手機支付的威力，可是在有五百多萬人使用智能電話、滲透率全球第一的香港，卻毫無用武之地。雖然金管局強調，他們2016年起已向儲值支付工具（SVF）營運商和銀行發出16個牌照，形容本地手機發展「百花齊放」，但每個支付系統除了付款、轉賬，其他功能寥寥無幾，縱有廣度，而無深度。

審批制度架床疊屋

以中國為例，其中一個手機支付能風靡全國的原因，正是功能多樣。龍頭支付寶除了給錢、收錢，餘下的能放在「餘額寶」，既可變回錢，又可投資高息產品；Wechat Pay能隨時買保險，凡此種種，足以吸引大量國民轉投手機「懷抱」。

那麼香港照跟，叫手機支付跟金融機構申請加上投資、保險買賣的功能不就行嗎？問題是，金融機構審批架床疊屋，要加談何容易。在香港，手機支付系統推出市面前，要先經過金管局的沙盒試驗，其後才獲審批推出市面。不過，假如此系統要再加投資、保險功能，就要再到證監會、保監局各自的沙盒試驗，取得兩個機構的首肯。換言之，要經過3個沙盒，拿3個審批，過程繁複。

能「過五關斬六將」尚算幸運，更甚的是，不少手機支付商連這機會都沒有。三大部門各有規定，金管局和保監局則說明，倘若手機支付系統並非屬於銀行，或跟銀行合作，就連沙盒也進不了。香港制度封閉，令手機支付商難大展拳腳。反觀競爭對手新加坡和倫敦，沙盒歡迎與銀行無聯繫的初創企業參與，審批過程簡單，全程由一個中央金融機構統籌。

八達通霸權窒礙發展

新的一籌莫展，舊的又不思進取。香港對手機支付發展停滯不前，與八達通霸權不無關係。八達通1997年橫空出世，當時被視為世上最領先的電子貨幣，迅速進佔社會每個角落，惟20年來都「一本通書讀到老」，今天已變成一個脫節霸權。儘管八達通2016年順應潮流，推出O!ePay的手機支付系統，但惹來惡評，被批評捉摸不到科技發展的脈搏，與手機支付主打的方便背道而馳，乃長年欠缺競爭的惡果。

連商務及經濟發展局局長邱騰華（編按：2022年6月卸任）都承認，香港手機支付之落後，與八達通太成功，「我們未有選擇更新的科技」有關。當世界各地的手機支付騰飛之際，如果香港仍在原地打轉，恐怕最後會淪為現金孤島，成為這次「無現金革命」的輸家。

「所以，現在最急切的莫如檢討法例，引入競爭。」研究手機支付多時的團結香港基金高級研究員水志偉如是說。他建議從一個綜合式沙盒入手。沙盒裏應更開放，讓初創企業更容易參與，「金管局、證監會、保監局3個機構共同監察，促進溝通之餘，也能想想法例上有沒有過時的條例需要修改，減少手機支付商在港面對的困難。」

← 水志偉認為，未
來香港金融發展
的成與敗，端賴
手機支付。
（許創彥攝）

要知道，香港需全力發展手機支付，不光是給大眾多一個付款選項那麼簡單，長遠而言，它將改變整個社會生態。其中一項有力理據，莫過於手機支付有助打擊香港的逃稅、黑錢活動。

打擊洗黑錢

不少人利用離岸公司逃稅、洗黑錢已是個公認事實，而2016年的《巴拿馬文件》曝光後，更發現這在香港是個大問題。文件顯示，香港是全球最多離岸公司中間運作的地方，比以秘密財務見稱的瑞士還要多，廉政專員白韞六（編按：2022年6月卸任）當時承認，文件敲響了反貪警號。不法分子大多以現金作他們犯罪的媒介，皆因現金匿名、追蹤不了。現金，特別是大面額紙鈔，遂成為犯罪溫床。

如何打擊罪行？2016年，哈佛大學經濟學教授Kenneth Rogoff在著作《現金的詛咒》（*The Curse of Cash*）說：就是「消滅」現金。當然不

是完全淘汰現金，而是淘汰大面額現金，以電子貨幣取而代之。當大面額紙鈔消失了，媒介消失了，逃稅、黑錢自然無處容身。在智能手機滲透率高達84.7%的香港，絕對有本錢淘汰（或大量減少）大面額紙鈔，遏止金融犯罪。

FinTech 發展基石

維護法紀外，手機支付更是香港能否繼續保持國際金融中心的關鍵所在。如今政府商界豪言壯語，說香港要發展FinTech，推動大數據，手機支付在當中的角色不可或缺。水志偉拿了挾着馬雲、馬化騰名氣來港上市的「眾安保險」作例子：「他們的賣點是從你買保險，到保費轉到你戶口，過程中基本上不需有人出現，他們靠的是什麼？正是移動支付。」

以往你去旅行前買了保險，假若航班延誤了，你要自己申請拿錢。但假若手機支付發展蓬勃起來，「你可隨時透過Wechat一個小程序去買，然後程序會自動搜尋飛機何時到達，延誤了它會自動發現，再主動將保費傳回你手機戶口，快捷省時。」

另外，手機支付也能更有效收集數據，對零售店，又或大企業提升表現，推高營業額大有裨益，內地最近鬧得火熱、提倡線上線下融合的的「新零售」，正正受惠於此。水志偉強調，FinTech是世界大勢，也必定成為企業未來要到哪裏設中心的重要指標。「當世界各地為此發力追趕，但香港連最基本的手機支付都發展得那麼緩慢，對香港多年扮演金融先導者的形象，怎樣也有影響。」

手機支付時代就在我們眼前。究竟是上前迎接，發展 FinTech，做國際金融中心該做的事；還是視而不見，被競爭對手迎頭趕上，淪為二線金融城市呢？

金管局李達志：四招解決手機支付困境

香港手機支付落後，業界批評金融審批未能與時並進，金管局副總裁李達志早在 2017 年透露，已籌謀好改革方案。

沙盒 2.0

香港金融三大部門在審批上各自為政，使得手機支付在港功能單一，發揮不了威力，創新科技界、智庫已多番提議政府正視問題。為了回應各方訴求，李達志指出，金管局在 2017 年尾推出「沙盒 2.0」對治問題。「沙盒 2.0」由金管局、證監會和保監局共同經營，確保科技公司能及時接通三個監管機構。另外，「沙盒 2.0」加設了一個金融科技監管聊天室，科技公司不需再如以往般，要依靠銀行方能與金管局接觸，未來雙方將能直接對話。

統一 QR Code

審批制度要改革，市面配套亦須下藥。金管局 2016 年起一口氣批了 16 個手機支付牌照，但 16 個牌照，如 TNG、Tap & Go、Apple Pay、Alipay 等有各自的付款方式和 QR Code，相互之間不能互通，令不少市民在手機支付的大門前卻步。對此，李達志指局方將會統一 QR Code，希望能方便買賣雙方，提供更多手機支付的誘因。

快速支付系統

除了QR Code，金管局2017年也推出李達志口中「打通任督二脈神器」的快速支付系統。系統歡迎銀行和手機支付營運商參與，會提供跨行跨營運商、年中無休的轉賬服務。李達志強調，此系統不繁複、操作不麻煩，大家只需一個流動電話號碼或電郵地址，便可隨時隨地進行港元或人民幣支付。

跨境使用功能

最後一招，金管局打算跟中國市場的手機大戶合作，希望香港市民的電子錢包能北上跨境使用。

「神沙」成雞肋　成本高、使用低

在香港，帶現金出街消費可能很煩惱，五百、一千，拒收；一毫，兩毫更甚，太大、太小面額都會遭到白眼。

「神沙」形成惡性循環

「神沙」（香港人對硬幣的俗稱）問題，是政府貨幣政策不與時並進所致。以一毫、兩毫為例，它們分別在1863年和1866年推出市面，當時社會物價低，及後一百多年依然有用。但踏入二十一世紀後物價飛升，一毫、兩毫在購物時，為市民帶來不便遠超方便。由於將硬幣交給銀行處理，有機會要付手續費，不少商戶為免麻煩，索性拒收。拒收不是犯法嗎？

這裏弔詭至極：儘管香港《硬幣條例》寫明，面額少於一元的硬幣，只要所支付的款額不超逾2元，商店理論上不應拒絕，但前幾年財經事務及庫務局回覆立法會的文件卻「戴了頭盔」，指商戶最後「是否接受任何面額的硬幣以支付某項交易，純粹是商業決定」。

面對拒收，市民最多只有投訴。於是很多市民寧願把得物無所用的「神沙」擱在家中。久而久之，商戶拒收，市民不用，形成一個惡性循環。預計逾20億枚的一毫、兩毫的流通量將每況愈下，成為社會一個尾大不掉的問題。

世界廢硬幣潮

「神沙問題」不是香港獨有。早在八十年代末、九十年代初，澳洲和紐西蘭已察覺一仙、兩仙的使用率下跌，為了節省成本宣告廢除。鑄幣對許多國家確實是個負擔。以加拿大為例，鑄造一分錢（penny）硬幣，需要1.5分錢的成本，愈鑄愈虧損，於是2013年，政府決定廢除一分錢。預計五分錢也難逃被淘汰命運。

不光西方國家有淘汰硬幣的計劃，南韓的央行也推行「去硬幣計劃」。今年起，消費者在指定的商店用現金付款後，找回來的零錢能存入如「T Money」等交通卡，為2020年前實現「無現金社會」鋪路。

處理「神沙」有錢途

香港政府也意識問題所在，開始推出對應政策。金管局於2014年10月起推出兩輛「收銀車」，市民可拿「神沙」來換鈔票、用作八達通卡

增值。或將款項投入車內的公益金捐款箱。不過，單靠金管局兩輛「收銀車」收硬幣緩慢。金管局指出，「收銀車」收到2.94億枚硬幣，而全港有約63億枚硬幣，意即推出3年，收集不夠5%。

政府耗費公帑收「神沙」，2015年，一名城市大學學生卻看中這個龐大市場，創立企業Heycoins。與金管局「收銀車」不同，Heycoins「神沙機」轉移陣地到手機支付戰場。只要將硬幣倒進機內，可為手機內的Tap & Go增值，或者領取多種商戶現金券，當中包括Starbucks、CitySuper等，為大眾提供多些選擇。假如未來，手機支付真的能在香港普及開來，「神沙」可為更多手機支付系統充值，硬幣就能變金幣。

04

工業革命4.0

導言

高天佑

若說自 2000 年起的科技浪潮代表着「虛擬數碼」時代,那麼現正降臨於人類社會的其中一股最新浪潮,則可說是「工業革命 4.0」時代。這兩者最大分別在於一「虛」一「實」,4.0 版本的工業革命建基於「機械智能化」和「物聯網」,將為人們在衣、食、住、行等各方面帶來更多革命性改變,既有實實在在的好處,亦可能對一些行業造成毀滅性打擊。

「工業革命 4.0」(Industry 4.0, 又稱為 4IR 或 The Fourth Industrial Revolution)概念由德國經濟學家、世界經濟論壇(World Economic Forum)創辦人史瓦布(Klaus Schwab)在 2015 年提出,他認為人類社會此前已經歷 3 次不同階段的工業革命。第一次是十八世紀的「機械化革命」,由瓦特設計的蒸汽機能夠推動大型機械,讓規模化工業生產成為可能,亦象徵機械開始取代人力和畜力。

第二次工業革命是十九世紀末掀起的「電氣化革命」,發電機取代蒸汽機,提供功率數以百倍計的龐大動力來源,除了電燈、冷氣機、電車等重要事物登場,電報及電話系統亦讓人們首次實現遙距即時通訊,

體驗「天涯若比鄰」。第三次工業革命則屬二十世紀末開始的「資訊化革命」，又稱為「數碼革命」，標誌事件包括第一台個人電腦（IBM 5150）在 1981 年面世，以及 Windows 視窗系統在 1985 年把電腦操作帶入尋常百姓家。隨着互聯網、智能手機在千禧年後逐漸普及，數碼化趨勢更加鋪天蓋地，以電腦遊戲、社交網絡、串流視頻為代表的虛擬世界吸引很多人流連忘返。

至於第四次工業革命，史瓦布形容為「智能化革命」，又有人稱為「物聯網革命」。顧名思義，這個時代的工業機械將會「智能化」及「聯網化」，除了透過「無人工廠」進一步降低成本、提升效率，還可能會有「家務機械人」、「送貨機械人」及「自動駕駛汽車」等「新機械」逐步面世。相比起以數碼和虛擬為代表的第三次工業革命，4.0 版本的工業革命將為人類在衣、食、住、行等各方面帶來更多具體變化。尤其值得留意，史瓦布在 2015 年提出工業革命 4.0 時，很多相關基礎科技尚未足夠成熟，所以在當時看起來相當遙遠；但至今日，包括物聯網、大數據、雲計算、自動化生產、3D 打印等技術已漸趨成熟，所以這場革命可算是「現在進行式」。

在歐洲，芬蘭通訊設備公司 Nokia 和德國汽車零件公司 Bosch 合作在芬蘭城市奧盧（Oulu）設立「無人工廠」（Unmanned Factory），已於 2021 年落成投運，全廠機械採用 5G 網絡連結，並具備 AI 自動學習能力，只要被下達生產指令，便懂得使用手上工具，自行制訂並改善生產流程，整個過程毋須人手參與。該工廠共有數百款不同機械，24 小時不停運作，每日生產逾 1000 套 4G 及 5G 基站設備，只需 3 個人類員工輪班監督，比同等規模的傳統工廠節省超過九成人手。

與此同時，南韓Samsung更加雄心萬丈，該巨擘在2022年7月設立「無人工廠特別工作小組」，目標不只是打造幾個「示範單位」，而是要在2030年之前，實現全球主要生產基地「無人化」。其背景是南韓「少子化」問題嚴重，勞動力日益短缺；當地政府及企業為維持競爭力，對於無人工廠具有額外迫切需求。

既然工廠裏的機械可以「智能化」和「聯網化」，這些機械又有沒有機會走出工廠門外，在社會上承擔更多不同任務？答案是肯定的。例如在新冠疫情期間，本港不少高檔商場都有購入「消毒機械人」，它們同樣由5G連接，懂得自動遊走商場不同範圍噴霧消毒；設有360度鏡頭，感應敏銳，走位靈活，能夠避免撞到途人或跌落電梯。此外，不少家庭主婦或主夫的好幫手「智能吸塵機」，本質上也是一款機械人（robot），只不過其造型像一隻飛碟多過一個「人」而已。

至於更加形象化的「人型機械人」（Humanoid），電動車巨擘特斯拉（Tesla）已在研製，名為Optimus，它身高1.73米、體重160磅，看起來無異於一個普通人。據Tesla老闆馬斯克解釋，他刻意把Optimus設計得「似足人類」，意在讓其成為「通用機械人」，能夠承擔現時大部分由人類肩負的操作，特別是一些高危（例如高空清潔、地盤建築、拆彈、救火等）或沉悶枯燥（工廠流水線、家務、送貨等）的工序，日後都可由Optimus代勞。馬斯克形容Optimus為Tesla目前頭號重要項目，最快可在2024年生產面世，目標售價為2萬美元（約15.6萬港元），比一輛電動車便宜。即使考慮到馬斯克以往預告的大計往往延期兩三年才兌現，大家或許也可在2030年之前看到Optimus「投身社會」。

整體來說，包括「無人工廠」和「機械人」在內的工業革命4.0，對於人類社會應屬「利大於弊」，例如成本降低、效率提升將帶來更豐裕的物

質享受；同時正如馬斯克指出，機械人若能讓人類從高風險及沉悶枯燥工作中解放出來，理論上屬天大喜訊。然而，這些好處不一定平均分佈，有可能由少數人獨佔大部分利益，甚至乎「有人受惠，有人受害」。具體而言，不少人恐怕會擔心自己的工作被AI和機械人取代，隨時淪為失業者，那還談得上是好事嗎？

這個重要問題需要分兩個角度看待。首先，此前三次工業革命的經驗證明，每次變革雖會令一些工種萎縮甚至湮沒（例如馬車伕、電話接駁員、字粒員等），但新科技同時會創造新的職業需求，除了少數未能隨時代轉型的人，整體人類就業崗位始終「有增無減」。第四次工業革命未必會是例外，儘管暫時未知有哪些新工種會被創造。

其次，萬一今趟真的「例外」，新時代創造的崗位不及消失的多，那又怎麼辦？不少社會學家及經濟學家已有同樣憂慮，紛紛提議對策。有人建議開徵「AI稅」和「機械人稅」，任何人工智能或機械人若達到取代人類程度，便須「按人頭」向政府繳稅。政府收到稅款後，則可採取UBI（全民無條件基本收入，Universal Basic Income）方式，向所有民眾每月派發一筆現金，讓人們不必擁有「一份工」也能維持基本生活所需。

屆時人人都好像古希臘哲學家，毋須從事勞動，不用「返工」，一切都有AI和機械人代勞，大可根據個人理想及興趣去決定每日做些什麼事情。那將是超越柏拉圖《理想國》和托馬斯摩爾《烏托邦》，人類前所未至之境界。且看工業革命4.0是否會為我們帶來這樣一個世界。

中國電動車「世一」之謎

香港報業公會
「2022年香港最佳新聞獎」
最佳經濟新聞寫作（中文組）
優異獎

高天佑

世界首富、Tesla老闆馬斯克出名「得罪人多」，不過偶爾也會「口甜舌滑」，尤其面對中國人時。繼盛讚中國工人「夠勤力，樂於加班到凌晨3點」之後，馬斯克又表示「中國已在電動車及可再生能源領域領先全世界」。豈料中國電動車業界無意戴這頂「高帽」，拒絕承認為「世一」。

小鵬汽車（09868）創辦人何小鵬甚至直言「中國還要再努力10年」，方有機會挑戰全球領先地位。實際上，雙方皆有其道理，但嚴格而言，馬斯克與何小鵬所說的並非同一件事。馬斯克在Twitter轉發一個關於世界各國風力發電裝機容量的帖子，該帖文顯示中國裝機容量達32.9萬兆瓦（MW），屬當之無愧的世界第一，遠遠拋離排名第二至五位的美國（13.3萬MW）、德國（6.4萬MW）、印度（4萬MW）和西班牙（2.7萬MW）。兆瓦即megawatt，屬電力功率單位，例如全香港發電設施

總裝機容量約 1.3 萬兆瓦。換言之，中國內地單計風力發電，已相當於 5 個香港的總發電量。

轉發該帖之餘，馬斯克還附帶評論：「很少人意識到中國是全世界可再生能源及電動車的領先者。無論你對中國有何觀感，這是一個事實。」此番講法隨即引起熱議，有網民在馬斯克轉帖底下留言道，這反映西方發達國家在推動潔淨能源、應對氣候變化方面做得不夠，居然還不及尚屬發展中國家的中國，必須急起直追。但亦有人提到，中國仍然是全世界最大的煤炭消耗國，佔全球燃煤量逾 50%，風電僅貢獻中國全國發電量約 7%，相比之下微不足道。打個比喻，有一個巨人，每日進食蔬菜份量比普通人多 5 倍，但不能憑此判斷他具有健康飲食習慣，事關他每日食薯片、雪糕等 junk foods 份量可能比普通人多 20 倍。但另一方面，這個巨人仍處發育期，兼且為村裏居民承擔了大部分體力勞動生產任務，堪稱為「世界工廠」，那麼他多吃高脂高碳食物補充能量也無可厚非。更重要是他矢志改善飲食習慣，正在逐步提升健康食物比率，惟須循序漸進，不可一步登天。

首富笠高帽　業界有保留

回說電動車，對於被馬斯克稱讚為「世一」，中國業界普遍抱持保留態度，戒慎恐懼，未有感到飄飄然。小鵬汽車的何小鵬回應時坦言，中國在電動車領域只是「站在前列位置」，卻未談得上「領先全球」，關鍵繫於產品、技術及國際市場，他相信起碼要再努力 10 年才有機會做到。何小鵬舉例說，「十幾年前，我們在移動互聯網上也曾有類似感知（覺得中國領先全球）」，「但一旦真正科技戰爭開始」，才發現中國產業鏈還有很多短板（例如核心晶片技術受制於人）。

嚴格而言，馬斯克和何小鵬所論述的並非同一件事。一方面，中國2021年新能源車銷量達294萬輛，佔全球45%，拋離第二和第三位的德國（69萬輛）與美國（66萬輛）3倍有多，絕對是世界第一。不過這屬市場層面，銷量與普及率夠高固屬好事，而中國作為「消費者」，同時也是全世界進口最多石油和晶片的國家，卻沒有人會說中國在石油和晶片領域「領先全世界」。馬斯克從市場角度出發，皆因他旗下Tesla正是全球兼中國新能源車銷量冠軍，中國在他眼中自然是最肥美市場。

另一方面，何小鵬作為國產電動車廠老闆，他在意的是中國業界之技術優勢與品牌號召力，例如小鵬、理想（02015）、蔚來（09866）的電動車能否研發出獨門技術、暢銷歐美市場，讓外國消費者趨之若鶩，就像今日的Tesla，唯有這樣才算是「領先全世界」，基於此，他覺得最少要再奮鬥10年方可望達到目標。

換句話說，馬斯克稱讚「中國電動車市場銷量世界第一」，何小鵬則謂「中國電動車品牌及技術尚未領先全球」，雙方講法皆屬事實，兩者沒有矛盾。當然，坐擁強勁「主場」提供肥沃土壤，理論上有助中國品牌和技術壯大。事實上，中國電動車產業即便尚未「全面世一」，已在個別細分領域「數一數二」，例如電池與自動駕駛技術；比亞迪（01211）也將向Tesla供應電池。

科企戒急進　十年磨一劍

值得留意，馬斯克儘管經常口舌招尤得罪人多，但他面對中國特別口甜舌滑，除了稱讚中國新能源市場「世一」及中國工人夠勤力，他又激賞騰訊（00700）的微信軟件功能強大，揚言在收購Twitter後要向微信

取經。此外，他2021年接受訪問時形容中國政府「雖然專制，但非常關心人民福祉，可能比美國政府更有責任感」。

這位「鋼鐵直男」居然對中國讚譽有加，難怪中國當局在2018年「半賣半送」地皮兼提供超低息貸款協助Tesla建廠，新冠疫情上海「封城」期間又千方百計力保Tesla廠房如常運作。在中國政府眼中，馬斯克肯定不是「吃飯砸鍋」之輩。這亦突顯中國市場規模「夠大」的優勢，有助吸引外國資本、技術，以及甜言蜜語。

與此同時，中國業界面對馬斯克力讚而保持謙虛態度，不願戴上「高帽」，拒絕被「捧殺」，反映中國科技業近年經歷燒錢泡沫及制裁風波之後，似乎逐步擺脫浮誇急進心態，認識到不足之處，腳踏實地力求進步。由此角度看，中國電動車前景可看高一線，或許10年後能夠兌現馬斯克「吉言」，真正做到「世一」。

中國數碼列寧主義
計劃經濟借屍還魂

04-02

2020花旗集團
傑出財經新聞獎
季軍

李潤茵

十八世紀亞當‧斯密（Adam Smith）的《國富論》被視為西方經濟學的聖經，形容市場是一隻無形之手，在1989年「蘇東波」後，西方自由市場學說一度被全世界奉為圭臬。時移世易，2008年美國金融海嘯後，自由經濟開始受質疑，反之中國憑着政府規劃主導，輔之以高科技手段，創造了獨有的數碼新計劃經濟模式，信奉的則是有形之手。

神州之內，覆蓋全國的高鐵延綿2.9萬公里；街道之上，一排排五顏六色的共享單車大行其道；走進店內，人民幣幾近絕跡，電子支付掃一掃，連乞丐都拿出二維碼，無現金社會已來臨；更莫說世界最大的互聯網，電商每秒交易幾十萬筆，淘寶雙11連年破紀錄。

官媒吹捧的「新四大發明」已深刻改變中國人的生活形態。同時，在工業4.0時代，中國出台「中國製造2025」，地方則力推「智慧城市」。在

工廠內，機械人及3D已經上線；在大街小巷，全國超過1.76億隻「天眼」維持治安。

得力於大數據和人工智能，「中國經濟模式」已經進化，政府和平民都擁抱互聯網。德國政治經濟學者韓博天（Sebastian Heilmann）形容中國正推行「數碼列寧主義」（Digital Leninism），透過推動數碼經濟，用科技手段監控民眾，確保長期統治。

高科技配合共產主義

韓博天現為特里爾大學教授，此前擔任德國墨卡托中國研究中心（MERICS）總裁，該中心曾詳細分析「中國製造2025」及「社會信用系統」；他本人則於八十年代留學南京，能閱讀中文，後來回流哈佛及牛津從事中國研究，其著作主要論述「黨國體制」，形容高科技乃「近乎完美配合共產黨需求」。

根據長期觀察，他指出，中國重視網絡政治，早在朱鎔基時代（1998年3月至2003年3月）已起步。有別於西方國家，數碼技術僅被視為附帶產物，中國則奉之為變革技術，特別是人工智能，領導層尤其「癡迷」。原因是他們相信技術結合科層制度（Bureaucracy），可實行全面監控、引導及審查等，例如當局若能即時掌握企業數據和資金流動，演算法可優化整體經濟規劃，防止市場出現泡沫。

韓博天同時指出，民主逆流為中國提供契機。西方曾經相信經濟開放會倒逼中國政治開放，所以政治學家福山發表〈歷史的終結〉，預測人類政府的最終形式，只剩西方那條道路，即市場經濟和民主政治，豈料事與願違。隨着2008年金融海嘯，英美頻現「黑天鵝」，老牌民主

國家經濟停滯不前，政治陷入泥沼，「中國模式」反填補了這片空白。在中國，國家主席習近平強調「四個自信」（中國特色社會主義道路自信、理論自信、制度自信、文化自信）。

韓博天遂分析，習近平引進自上而下的「頂層設計」，實際操作顯例莫過於牢牢掌控科技巨頭，他形容兩者為「利益聯盟」。在西方，Google與Facebook都反對政府獲取數據；歐洲人不信任政府，家鄉德國九十年代已經出現「訊息自決權」；唯獨在中國，科企與政府合作得非常好，即使公司有商業目標，韓博天認為他們都很樂意配合共產黨——尤其是兩大寡頭阿里巴巴及騰訊，用海量用戶數據配合政府計劃要求。

事實上，將「新計劃經濟」發揚光大的，正是阿里巴巴創辦人馬雲，他前後兩次發表「優越論」，認為「未來30年，計劃經濟會愈做愈大」，理據是大數據處理能力愈來愈高，人類愈來愈能明確掌握國家及世界的經濟數據，情況如同「醫療診斷中的X光或電腦斷層掃描」，計劃和預判因而變得有可能，所以他反問：「大數據讓市場變得更加聰明，如果可以摸到無形之手，你願意做計劃嗎？」

經濟烏托邦

冷戰時代，蘇聯等社會主義國家，絕大部分時間都實行計劃經濟，毛澤東年代的中國，幾乎完全取消私營經濟，實行人民公社，由國家支配原料和生產，結果經濟瀕臨崩潰。舊計劃經濟的失敗，有人歸咎缺乏超級電腦。隨着大數據、人工智能及雲計算的出現，除馬雲外，內地學界同樣重提計劃經濟。2017年，四川大學馬克思主義學院教授王

彬彬，發表〈建立一個以計劃主導的市場經濟模式〉論文。他提出「新計劃經濟」的理據是，資本主義通過全球化，試圖統一世界市場，作為少數社會主義國家，只能以國家主導國民經濟，堅持國家所有而非社會所有，此逆向方針來作抵制，但考慮到市場經濟仍是創新效率最高的體制，所以社會主義國家仍要保留市場。

「內地學者並不認為自己走回頭路，而是『進化版社會主義』。」美國克林信大學經濟系助理教授兼 LikeCoin Foundation 首席經濟學家林仲生，專門研究數碼經濟，他補充中國在微觀管理方面，今日確實變得比較高明，「例如降低生產過剩」——這是部分內地學者，支持計劃經濟回朝的原因。同為 2017 年，清華大學公共管理學院副教授鄢一龍，撰文提出應用「新鳥籠經濟」來回應中國經濟新階段需求，解決貧富懸殊。

舊「鳥籠經濟」由中共元老陳雲，在改革開放初期提出，顧名思義鳥兒（經濟）仍能飛（自由），前提是在籠內（國家控制）；簡言之，就是有限自由，國家指導，「新」指的是高科技。昔日社會主義國家，政府糾結於供求，在舊計劃經濟下，因沒有足夠底層數據、科學化指標等，結果導致資源錯配，引發災難性後果，中國大躍進就引發大饑荒。「新計劃經濟」的出現，中國政府自信能作正確決策，一切取決於一個大前提，就是相信已掌握完整資訊——2016 年，國務院總理李克強（編按：2023 年 3 月卸任）表示，中國政府掌握數據超過 80%，其餘 20% 呢？自然是擁有用戶數據的科技巨擘。

過去幾年「國進民退」高唱入雲，阿里巴巴馬雲、騰訊馬化騰及聯想柳傳志，盛傳「被退休」及「被卸任」，國家加強控制科企。「干預私企未

必無因，因為都曾得到國家栽培。」中大經濟系副教授莊太量指出，中國發展模式本來就「獨特」，企業壯大，甚至獨佔市場，並非因市場競爭，關鍵還是靠國家，最重要聽話；對於國家而言，操控兩三家企業比控制過百家容易。

高科技「造神」

如是者官商成功合謀，政府連互聯網企業，例如淘寶、微信及滴滴等數據都盡攬在手，可在平台觀察消費者的舉動。「新計劃經濟」實際已經在調控全國人流、物流及資金流，達到陳雲描述「鳥兒要飛，握在手裏會死，但要有個籠，不然就飛跑」的境界：

首先是人流。2018年全國大規模應用的「社會信用系統」，有別於歐美國家的評分機構，多數由私人公司擁有，在中國，則由政府直接管理，評分指標都由政府定奪，結果推出僅僅一個月，限制「失信者」乘坐飛機和火車，前者達1160萬人次，後者達441萬人次，變相透過「限行」管制境內人流向；

2019年推出企業版的「社會信用系列」將範圍擴至境外，因系統會針對外資，高管有機會被禁出行，盛傳聯合、達美及美國航空均收到警告，若網站沒將澳門、香港和台灣列為中國一部分，評分將受影響。透過系統的「獎罰機制」，日後政府想從「需求側」操控個人經濟行為，也易如反掌。

其次是物流。貴州是全國大數據最大試驗場，但意想不到能輻射全國，原因是出現國家主導下的平台經濟——堪稱「貨運界Uber」的

表 4.2.1　用科技駕馭經濟

大數據「精準扶貧」

「天無三日晴、地無三里平、人無三兩銀」曾經是貴州的寫照，但「大數據」率先為貴州人帶來投資。政府利用大數據和雲計算開發「扶貧雲」，再以GIS（地理資訊系統），定位貧困人口分布及致貧原因。

扶貧不等於派錢，貴州做到對症下藥、授人以漁，例如引進電商到農村，當地人可經營生意；公安則開放資料予配對平台「貨車幫」，成功認證88萬貨主和450萬貨車司機，一舉三得：促進物流、提供就業，減少碳排放（因車輛不用空駛近千萬公里）。

腦電波監控效率

杭州中恒電氣每天都上演「帽子戲法」！皆因約4萬名工人，返工都要先配戴「頭盔」。據《南華早報》，工人會戴上外表似工業用的安全頭盔，實質是名為「智能帽」的腦電波監測器。

該帽記錄工人腦神經訊號後，會發送到電腦，用演算法解讀，廠方從而判斷其情緒狀態，方便管理者規劃休息時間，以提高工作效率。該公司據報利潤亦因而增加，超過3億美元。

表 4.2.1 　用科技駕馭經濟

為 3300 萬間企業評分

「社會信用系統」原來有企業版！《紐約時報》報道，中央經濟規劃機構已完成第一期企業評估，給 3300 萬間企業評分，由最差 1 分到最高 4 分。

官方收集數據包括法院判決、薪資數據、環境紀錄、侵權行為、甚至黨員員工數目，低分公司將被禁止借貸，高管的銀行賬戶被凍結，甚至禁止出行。

針對企業不限於國內，外資同樣適用，盛傳聯合、達美及美國航空便收到民航局致函，若網站沒將澳門、香港和台灣列為中國一部分，評分將受影響。

「虛擬人民幣」反洗錢

人民銀行準備推出虛擬貨幣「DCEP」，乃政府認證的法定貨幣，價值如同人民幣，由央行負責及信用擔保，適用於電子支付，即使無網絡連線都用到。

早在 2014 年，時任央行行長周小川已經倡導數碼貨幣研究，有指是在中美貿易戰下，另闢蹊徑繞過西方金融體系，並在「一帶一路」發揮影響力。

另外，虛擬貨幣更易追蹤及管理支付紀錄，有助打擊洗錢及非法活動。

O2O平台「貨車幫」，該車隊規模超過370萬輛貨車，佔全國總數逾半，成功有效分配閒置資源。

平台出現前，物流業存在供需錯配，路上很多「單頭車」（意思是司機單打獨鬥，自己跑單接單運貨），效率不高，例如將貨物由山西運到廣東，但回程空車，造成浪費，「貨車幫」做到實時配對全國貨主和司機，讓司機接到回程單。幕後推手是誰？平台獲貴州省政府支持，連習近平和李克強都「點讚」。

最後是資金流。全中國很快「無現金」──提高交易效率、節省交易成本固然是好處，移動支付同時意味數據，每筆微額交易都披露個人生活習慣和消費行為。國民在享受便利同時，政府都可提高交易透明度，打擊逃稅漏稅貪腐，增加正規稅務收入。從前可將現金放在家中，不進銀行體系完全不受影響，但無現金則藏無可藏。另外，人民銀行準備推官方認可虛擬貨幣，繞道西方另闢蹊徑，同樣達到追蹤及管理，打擊洗錢的效果。

腦電波「讀心」

政府的「有形之手」還延伸到工人的腦電波。杭州中恒電氣4萬名工人，每天會載上「智能帽記錄腦電波，管理層再按工人情緒調節生產，使用相同技術，還有浙江國家電網。藉監控腦電波來提高生產效率，很大機會成新趨勢。不同高校獲政府資助埋首開發產品，「智能帽」（Neuro Cap）由寧波大學研發，浙江大學及上海交大則研究出用人腦控制老鼠及蟑螂。林仲生透露，甚至有內地企業，已用來控制電腦。

2019年5月官媒更率先報道，天津大學與電子訊息產業集團全球首推腦機專用晶片，用於解碼用戶心理意圖。腦電波專家韓璧丞表示，技術最終可用於預測用戶未來需求，因為「我們會沒有記憶意識，但大腦反應沒法欺騙」。

「上帝之手」

政府能扮演「上帝」主宰經濟嗎？諾貝爾經濟學獎得主Thomas Sargent並不看好，原因是即使有數據，仍然都要像經濟學家般，在數據上進行分析。即使在國內，自由派經濟學者張維迎反駁，市場功能不止配置資源，更重要是改變資源，甚至獲得新資源；社會進步很大程度上靠企業家創新，那是大數據無法提供。

「競爭而成的壟斷，與政策扶持出來是有分別。」獅子山學會創辦人李兆富表示，「破壞性創新」很依賴傳統上的市場機制來主導，正如iPhone未出現前，人們不知道自己需要iPhone，創新不能透過計劃出來。

再者，由馬雲到馬化騰，甚至華為任正非，他們能創造出一流企業，新的應用技術層出不窮，共通處都是因為民企靈活變通，「即使人工智能有如神一般，沒有私有產權始終缺乏誘因」，莊太量補充。

最後，運算能力再強都有機會百密一疏，自由市場有自我糾錯能力，政府呢？「技術突破必定有助獲取更多資訊，但接近完整不等於真正完整。計劃經濟的失敗並非單單因為科技，而是決策過程，資本主義可做到去中心化。」中國正反其道而行，經濟學者林仲生說：「現在政

府掌握更多資料，重蹈『大躍進』失敗機會較低，但像推出『熔斷機制』這類的失誤仍經常有。」

監控資本主義　科企操縱經濟行為

作為資本主義大國的美國也監控經濟，而且技術比共產中國更高明！長期跟進數碼技術的哈佛學者祖博夫（Shoshana Zuboff）2019年出版新著，就率先提出「監控資本主義」（Surveillance Capitalism）這個新概念，解釋科企的商業邏輯如何改變資本主義的形態，透過採集數十億用戶的數據，來操控群眾的經濟行為。

虛假的選項

奉行資本主義背後，往往是尊重自由選擇，但在高度數碼化下，有無想過「自由」都可以虛構？即使在資本主義國家，一舉一動同樣會被監控，只是「老大哥」未必是政府，而是科企。以Google為例，用戶可以免費使用服務，而Google則記錄用戶行為，然後開發預測模型，再售予廣告商。

祖博夫指出，這種科企監控行為可追溯至2001年，美國發生911恐襲後，華府以國家安全為由，認為政府部門有必要監控，科企漁人得利，自此拿正牌監控用戶，繼而進行「高科技勒索」。天下沒有免費的午餐！她形容，科企將許多推送廣告，強加在用戶身上，卻美其名為「客製化」。

自此「Google 模式」啟發眾多後來者，當中包括 Facebook。教主朱克伯格本身就是「心戰」高手，在哈佛讀心理，打從設計平台版面，已經機關算盡「吸客」，加上九成收入靠廣告，所以功能推陳出新，務求讓人玩上癮，以達到「留客」效果。接下來就是最關鍵，精準推送廣告給目標群組。Facebook 內部設有「同理心小組」確保工程師不會硬銷用戶，準確拿捏次數，因為他們很清楚，過量會適得其反。

亞馬遜更將演算法發揮到極致，開發「預判發貨」系統，在客戶還未知道自己需求前，已經幫你下單，「連淘寶都未做到！」經濟學者林仲生向記者表示。亞馬遜如何做到？他們判斷資料包括顧客昔日訂單、商品搜索紀錄、心願清單、購物車，甚至連使用者的滑鼠在某商品頁面停留多久的時間，亞馬遜通通掌握。

而且專利顯示，他們還會模糊收貨地址，先將商品配送至潛在顧客附近，一旦收到該顧客訂單，再將地址資訊補充完整。對企業來說，這種形式能節省成本，但對客戶而言，個人資訊則完全暴露，恍如赤裸。

林仲生補充：「在亞馬遜等大型網購平台上，產品排序都會嚴重影響消費者的決策，消費者會有錯覺，以為自己是心甘情願購買。」近年，亞馬遜開設實體無人店 Amazon Go，「拿了就走」技術能夠更廣泛、更精準追蹤客戶數據、消費頻率。

科企資訊壟斷

科技本身中立，問題在於人類如何應用技術。過去 20 年，在沒有足夠法律和法規約束下，科企高速累積海量數據，因而擁有極大話語權。

2018年，歐盟實施私隱法例《一般資料保護規則》（GDPR），可視為制衡科企監控的第一步。

共產主義與共享經濟　反思「產權」概念

在這陣共產主義思潮復辟中，京東老闆劉強東可謂走得更前！皆因他樂觀預測，12年內「共產主義」可以成真，其「烏托邦」是這樣：在北京下一個訂單，然後飛抵上海後，人工智能已經計算到送貨的時間和地點，然後無人車悄無聲色送上貨物，而毋須現場支付。

兩種主義因科技重疊

在中國互聯網領軍人物不約而同地，從理論層面重新解讀「計劃經濟」及「共產主義」之際，在現實世界中，資本主義與這些學術名詞，漸漸從二元對立，因着數碼化，而結合為嶄新平台，例如共享經濟。社會開始反思「產權」這個概念，直接衝擊「私有產權」神聖不可侵犯的迷思。

「共享經濟將閒置資源重新分配，背後其實帶出『擁有』和『使用』，這兩個概念原來可以切割。」自由市場智庫獅子山學會創辦人李兆富指出，近年 Uber 及 Airbnb 等共享平台的興起，反映出一種文化轉向：「想搭車未必要買車。」不同經濟主義的分歧，最終都是權益分配，新平台出現，改變資源組織結構，共產主義與資本主義的傳統界線出現模糊；同時，科技創新也會改寫「產權」定義，他舉例說，文字變成有價資產都是近代發生，而在現今世代，虛擬經濟慢慢形成，不同科企採集生物數據，凡此種種都會重新定義「產權」。

二十一世紀「大躍進」
「中國製造 2025」
Backfire

第三屆（2018年）
「恒大商業新聞獎」
「最佳大中華
商業新聞報道獎」
金獎

黃愛琴

「大躍進」正重臨中國！說的是「中國製造2025」，這個中國以10年為目標，超越德國，成為「製造強國」的政策。如果將此政策進行到底，恐怕對內有損民生經濟，對外惹來歐美敵對。貿易戰，還未結束！

2018年中興事件發生後，大家驚覺中國有「無芯之痛」：原來高端芯片技術全都掌握在美國公司高通手中。震驚之後，中國開始出現一股「全民製芯」的狂熱：公司紛紛宣稱要轉型做芯片、官媒發出「不惜一切代價發展晶片產業」的口號、愛國主義者力捧芯片概念股……

以上的情景，是否似曾相識？正是1958年「大躍進」中的「全國大煉鋼」！當年毛澤東稱，要以「1天等於20年」的速度，在15年內「超英趕美」。如此脫離現實的目標，最終導致國家資源嚴重浪費、「浮誇風」四起、全國大饑荒。

十年追二百年

時隔一個甲子，「大躍進」以「中國製造2025」借屍還魂！

國務院於2015年推出這個計劃，目標是在2025年變成「創造強國」，在十大高端科技產業做到70%自給自足，趕上日本與德國。芯片開發，正是此計劃的其中一個重點領域。要在8年之內追上德國200年的成就，無疑是一個野心勃勃的計劃。

表4.3.1　中國製造強國夢「中國製造2025」重點

「三步走」： 由製造大國 走向創造大國	第一步：2025年，邁入製造強國的行列 第二步：2035年，達到世界級製造強國的中等水平 第三步：2045年，躋進世界級製造強國的前列	
「十大領域」： 2025年， 自主研製， 及減少依賴 外國核心技術	1. 新一代訊息技術產業	6. 節能與新能源汽車
	2. 高檔數控機床和機器人	7. 生物醫藥及高性能醫療器械
	3. 航空航天裝備	8. 電力裝備
	4. 海洋工程裝備及高技術船	9. 農機裝備
	5. 先進軌道交通裝備	10. 新材料
具體指標	1. 70%的核心基礎零部件、關鍵基礎材料實現自主保障。 2. 試點示範項目運營成本降低50%，產品生產周期縮短50%，不良品率降低50%。 3. 重點行業的主要污染物排放強度下降20%。	

資料來源：《中國製造2025》，中國國務院

不過，這個「大躍進」2.0未實行，就先樹敵，令到美國對中國發動貿易戰，以及制裁中興。

美國「301報告」指出，中國一直以市場強迫美國企業轉移技術，又竊取美企知識產權。現在「中國製造2025」不但具體列明了中國產業升級的具體目標，更確立了「政府介入」作為民企得到技術的方法，進一步威脅美國的地位。2018年，美國在全球高端製造業市場佔有29%，中國是27%。美國總統特朗普（編按：2021年1月卸任）和多位美國官員均指出，絕不能接受中國在高新技術反超前。

在2018年5月的中美貿易談判中，中國承諾會增購大量美國貨品，以平息這場爭端。然而，「中國製造2025」始終是美國心中的一根刺，若然中國政府不低調處理這個計劃，美國隨時會再次發難。

科技戰是陷阱

習近平宣稱，核心技術是「國之重器」，發展刻不容緩，但是有專家指，中國的當務之急，並非科技，而是去槓桿。港大亞洲環球研究所所長陳志武指出，中國過去的高速經濟增長均靠債務推動，導致負債太高，而且以短債為主，「爆煲」風險很大。根據國際結算銀行（Bank of International Settlement）的數據，中國信貸擴張差額（credit to GDP gap）一直擴大，從2012年3月的8.5，飆升至2016年8月的歷史高位28.8。中國政府近年意識到箇中風險，積極去槓桿。

若按照「中國製造2025」所訂，中國要在10個高端科技產業做到70%自給自足，當中的投資必定是天文數字，而且投資高科技周期長、風險高，與去槓桿的目標背道而馳。以芯片行業為例，中央其實早於

九十年代已經重點扶持，到了2014年又成立了一個規模達4000億人民幣的基金，入股國內大大小小的芯片公司。其中，國內最先進的半導體公司清華紫光，因得到政府支持而展開了一連串的收購，但2017年，它的營業額仍只有高通的一成，技術落後兩代。

中國政府指，今後10年，將加碼1500億美元到該基金，搶佔芯片設計和製造的領先地位，但要知道，芯片行業的投資成本極高，幾千億只是高通一年的預算而已，而且芯片行業基本上是「贏者通吃」，後來者完全沒有市場競爭力。因此，著名經濟學家吳敬璉表示：「『不惜一切代價發展晶片產業』是危險的。」

特朗普制裁中興，激起中國芯片狂熱，這很可能是一個陷阱。想當年美國就是以航天軍事競賽，使前蘇聯國庫空虛。除了造成資源錯配，「中國製造2025」的另一個隱憂是，會重演當年「放衛星」的現象。地方政府明知道政策目標不切實際，但是為了取悅中央，競爭資源，會虛報誇大、貪污殘民。最後受害的，就是人民和股民。

贏到盡無朋友

其實沒有一個國家可以做到十項全能。哪怕國家資源多豐富，都一定會有長板和短板。中國不必為「無芯」而痛，中國在低端製造業，甚至許多其他產業，都有巨大的優勢。而即使強大如美國，也有很多弱點，因此才會出現數千億的貿易逆差。正因此，在自由貿易底下，各國可以根據彼此的比較優勢，進行生產與交易，達致雙贏。

中國口說支持自由貿易，實質打算全領域取勝，不再依賴其他國家，這樣必定會到處樹敵。以歐洲一哥德國為例，貿易佔其本地生產總值

達八成，必然會極力反對貿易保護主義。以往中國政府以國家資本主義模式，從政策、產業、勞工等多方面干預市場，因為只在中國境內發生，外國可以「隻眼開隻眼閉」。「中國製造2025」寫明扶持中國企業「走出去」，收購外國公司，試問外國怎能坐視不理？

針對中國企業不斷在海外進行併購，德國在2017年7月就發布了一條新規例，指若中國企業收購一間德國企業超過25%的股權，又涉及「關鍵基礎設施」的運營，如水電、電訊和醫院等，德國經濟部將會對收購進行審查，並有權否決相關交易或對其提出限制條件。2017年審查的所有交易當中，超過三分之一是來自中國的。

由此可見，如果中國政府繼續推行「中國製造2025」，對內會損害經濟民生，對外則要面對美歐各國的圍堵。到時中國要用自家製5G，就如當年日本的手機不接外來系統，將「中國特色主義道路」走得如此徹底，真有前途嗎？

為何中國做不出「高大上」的芯片？

中國是半導體的最大消費國，佔全球芯片需求量的45%。然而，中國90%以上的芯片要靠外國入口。坊間指，中國的半導體技術落後美國20年，做不出高端芯片。

對於這個講法，有「現代半導體封裝之父」稱號的中大工程學院院長汪正平指出，20年可能有點誇張，但是差距起碼有10年。「現在美國最先進的芯片可以做到7納米，中國只能做到28納米。」（編按：內地傳媒指中國2023年已初步掌握5納米技術，而外國已開始量產3納米芯片。）

曾任職芯片設計師達10年的易方資本投資總監王華則認為,「差20年」是一個誤導的講法,因為芯片其實有兩種。在數位芯片方面,中芯國際的技術與美國只差一年半載,但模擬芯片的差距則很大。有多大?難以量化。他解釋:「因為是類似師傅教徒弟的東西,學校不能學到,要經過無數次的trial and error才能夠做出來,要靠經驗累積。」

如果是製作軟件,用電腦一scan就可以知道哪裏出了問題,改一改程式就可以馬上修正。芯片製作則似是混合了很多東西的蛋糕,完成後無法知道哪裏出錯,只得整個過程推倒重來。王華說,做一次芯片要用2至3個月的時間,成本很高。

汪正平補充,中國最大的問題是沒有做高端芯片的材料和精密儀器。「例如,做半導體所需的光刻機,全世界唯一的提供者是荷蘭公司ASML。另外,中國在材料方面仍然很弱,要靠日本、美國、歐洲等提供,如果別人不賣給你,你就不能做,所以中國仍然未掌握到核心技術。可以抄,但是抄到一個程度,就要自己研發,才會有突破。」不過,汪正平認為中國在半導體封裝做得不錯,因為有市場優勢。

美國軍民一體 中國航天強國夢難速成

中美科技競賽,其中一個戰場在天空。中國近年頻頻展示載人航天突破,2016年更發表《2016中國的航天》白皮書,揚言要在2030年左右「躋身世界航天強國行列」。科大機械及航空航天工程學系講座教授史維(編按:2018年9月出任科技大學校長)則指出,中國要追上美國,絕非三五年內的事。

航天沒有那麼神秘

史維生於台灣，八十年代於美國取得航天工程學碩士及博士學位。他在留美期間一直獲得美國太空總署、空軍研究實驗室、美國國防部給予的巨額研究經費，研究成果應用在波音737客機及F-16戰隼戰鬥機。一直聽聞航天是敏感研究領域，因為觸及軍事機密。美國不時指控在美華人學者非法輸送國防科技給中國。記者問史維，當年從美國來港，有否感受到壓力？史維笑笑，說：「其實啊，沒有那麼嚴重。」

冷戰結束後，美國國防投入減少，政府推行「軍民一體化」，打破軍方對核心技術的壟斷，積極扶持私人科技公司，以商業利益帶動科技發展。美國的研究型大學，也得到大量經費，廣泛參與軍事研究。問題來了，軍事是機密，技術開放，怎保障國家安全？

史維解釋，原來美國的航天研究，會仔細分工，並且有不同階段。大學只做前期基礎研究，組裝、應用、測試、最後分析等機密研究，就會留給波音（The Boeing Company）、洛克希德馬丁（Lockheed Martin）、普惠發動機公司（Pratt & Whitney）和通用電氣（General Electric）等公司。

「我覺得這是美國很高明的地方！」史維說，一方面，大學研究全面開放給所有學生，可以吸納到真正的人才。另一方面，機密的資料，又可以保留。

與民爭利不如讓利於民

史維認為，在航天方面，中國以舉國體制發展，進步神速，有長征、天宮、天舟、嫦娥等系列，但是美國已經進化了，以商業帶動科技發展。在「軍民一體化」下，美國政府要求美國太空總署（NASA）出讓最賺錢的近地空間業務，並且將其技術轉移給民企，又規定政府發射任務有部分一定要交給民企負責。航空企業 SpaceX 就是最大的受惠者，其獵鷹重型火箭以超高性價比，開拓航天商機。

不論是航天還是航空，高下都不是在於能否把飛機或者火箭做出來，而是東西做出來以後，有沒有成本效益。那到底是一場表演，還是有真正的價值？史維說，俄羅斯有能力做飛機，但是一講到民用機，大家只會想到波音跟空客，因為前者沒有商業競爭力。

中國製造的飛機，「主要的引擎還是買別人的」，距離自主研發尚有一段距離。說罷，史維從辦公室的架子上拿起「一塊鐵」，說那就是飛機的心臟——燃燒器！他興奮地道：「我跟你講，那麼大的一個飛機，它所有的推動力都是在這一個小小的空間裏產生的，這是很難想像的。」看它外表平凡，但是其實超級精密，「需要很多經驗累積，和大量數據」，不能抄襲，也不能用錢買到。

回望中國製造業
直擊三省告急

04-04

香港報業公會
「2011年最佳新聞獎」
「最佳經濟新聞報道」
季軍

楊曦、張聞文、周佩施

為了解中國中小企真實困境，探究深層矛盾，《信報》記者曾於2011年6月分赴長三角、珠三角及福建這3個中小企發展最蓬勃的地方，走訪產、學各界，推出「中國製造告急」系列。

內地銀根緊中小企命懸一線

中國有「世界工廠」之稱號，然而，一直依靠低成本經營的方式，終歸步向末路。大批競爭力不強的中小企業，面對諸如融資難、人力及原材料成本飛漲，以及人民幣升值等多重壓力，生存環境較2008年金融海嘯時還要惡劣。業界警告，中國製造業正在告急，首當其衝的中小企更是命懸一線，爆煲潮、倒閉潮絕非危言聳聽。中央的宏調要如何避免變成「超調」，勢成當局的最大考驗。

浙江溫州、廣東東莞及福建泉州等地2011年初起不斷傳出中小企大規模倒閉潮，指稱嚴苛的經營環境，迫使一眾中小企走上絕路。不過，各地地方政府以至中國銀監會紛紛出面「清毒」，直斥有關報道為謠言。然而實地所見，無論珠三角及福建，還是向來以出產「中國猶太人」著稱的溫州，企業的狀況都毫不樂觀，工廠關門、停工已甚為普遍。探究致命之傷，矛頭都指向接連加息令借貸成本大增，以及銀行突然收緊「水喉」。

難捱貴息停工又欠薪

「如果跟2008年金融海嘯相比，現在中小企業經營環境更惡劣。」本身在溫州居住的中國中小企業協會副會長周德文談到中小企現狀時斷言，「尤其是勞動密集型的企業，現在已經有接近兩成陷入停工、半停工狀態，如果再沒有政策支持，倒閉潮絕非危言聳聽」。

溫州向來是中國中小企最活躍的城市，但溫州眼鏡商會會長葉子建卻預期，今年會員流失數目可能遠超以往，「我們有1000多家會員，現在已有超過200家不見了，都是做不下去而關門了」。本身企業為當地龍頭大廠的溫州打火機行業協會會長黃發靜，同樣對前景悲觀，「現在連我們廠都要半停工了，何況其他小廠」。

另一工業重鎮東莞也不樂觀，橋頭鎮橋東工業區一條大馬路橫貫其間，區內不到20間工廠，分布馬路兩旁。位於該區的華興樹業飾品廠副總經理甘建萍透露，2011年初以來已有4間近千人的工廠倒閉，半數以上的廠商都在縮減規模。「好幾家工廠今年生意都不好，現在都硬撐着開工，有些廠甚至已有三四個月未發薪水了。」

來自湖北的打工仔葉先生更剛剛經歷「廠佬走佬」。「2011年3月31日，所有管理層一夜之間全部逃走了，我們工人第二天起床工作，一個經理都看不到了。」這間名為世華的陶瓷廠欠員工80天的工資及生活費。

一廠倒閉，禍連甚廣，該廠600多名員工的伙食是由一對夫妻經營的餐飲公司負責供應，得知老闆逃跑，夫妻哭了一天，「忙了兩個多月血本無歸，好幾十萬呀」。

「融資難，難於上青天！」講到困境原因，一眾企業東主皆將矛頭指向銀行，溫州的葉子建計算，即使向正規銀行借貸，一年期息率已高達10厘以上，「這是我做二十多年生意以來最貴的，現在哪個廠有一成的毛利？這不是白做麼」。事實上，據溫州市人民銀行的調查，當地各大銀行的貸款利率，均已較基準利率上浮30%到80%。截至2011年3月底，當地民間借貸市場的綜合利率水平為24.81%，創溫州有監測紀錄以來的歷史新高。有溫州的廠商無奈稱：「現在是融資難，難於上青天。」

地下錢莊低調做生意

銀行收緊信貸，企業融資困難，民間信貸借勢「蓬勃發展」。不過，相對於浙江、福建近乎公開的私人借貸市場，東莞的地下錢莊自2010年底被政府抓獲一起逾千萬元的交易後，一夜之間從「光明正大」變成了名副其實的「地下交易」。幾經周折，終於找到了東莞橋頭鎮商業中心的一個地下錢莊。

2010年，橋頭鎮商業區的街道上，隨處可見「兌換、借貸」的招牌和廣告，然而當記者再次前往該區時，街道兩旁已一片「清靜」。記者借幫港商老闆兌換1萬港元為由，找到當地熟落地下錢莊生意的王先生。王先生接過記者手中的支票，反覆檢查，然後致電給一個叫做朱哥的人，經過一番對滙率的討價還價之後，對方答應以0.831的兌換價格成交。談妥後，記者依據王先生給的地址，找到了兌換地點，十分隱蔽，是一個已拆除招牌但門上卻貼着「生意興隆」的店舖。

推開店門，只有一位阿伯坐在鋁欄杆圍起的櫃面之內。櫃面只有計數機及電話，阿伯正與一名顧客交談。當記者講明價格和金額後，阿伯拿起電話向朱哥確認了介紹人、姓名、金額、滙率，又反覆檢查了支票，才將人民幣現鈔遞上，整個過程十分謹慎小心。據當地港商形容，這種小額兌換很平常，不少錢莊已經和廠家非常熟落；此外，一些私人借貸的短訊亦經常發至「廠佬」的手機中，例如「希望能幫助您解決XX萬的困難，申請簡便，隨借隨還。」

絞盡腦汁留人　中小企窮上窮

因為資金緊絀，已令部分內地中小企走向絕路，然而剩下來的不代表日子好過。在溫州、廈門、東莞三地，發達的製造業主要依靠外來勞工，但幾乎每個小企業老闆都抱怨「請人難」，這個已出現多年的難題，日益嚴重。勞工荒2011年尤其嚴峻，即使普通工人每年加薪幅度已達兩成，但依然難找到人。

步入2011年6月，東莞製造業進入生產旺季，但「用工荒」隨之而來。在東莞各村鎮逾千個工業區，隨處可見高高掛起的招聘橫幅，不少工

廠門外都貼有大幅紅紙黑字招聘啟事。東莞橋光實業集團公司總經理羅錦海表示，工廠缺工，一是因為市場缺乏熟手技工，更多的是拿不出錢，「如果包含加班薪水，東莞工人的月薪基本都達到 2000 元左右，熟工可拿到 3000，有些在 4000 元以上」。

東莞 10 個月加薪 43%

工資成本大幅上升已將毛利低微的中小企逼向絕境。事實上，僅計最低工資標準，東莞由 2010 年 5 月起的短短 10 個月經兩次調整，已達 1100 元，累計升幅高達 43%。至於長三角及福建等地，加薪幅度大致相同。

在溫州，眼鏡商會會長葉子建說，當地請一個學徒已要 1800 元，師父級的待遇更是數倍。「從 08 年開始，工資每年要加兩成以上，才能留住人」。他計算，僅工資一項，已佔整體銷售額的兩成，較幾年前增加逾倍，「加上管理層的薪金，更不只此數」。

溫州打火機協會會長黃發靜表示，雖然訂單減少，「我的工人都吃不飽了（意即開工不足）」。只是為怕未來有大單來臨時，人手不足，都不敢將工人放走，「一放就再找不回來了」。因此即使有部分工人只上半天班，但工資還是照付，「而且漲工資還一點不能少」。

派一成資產人人有份

不過，即使大幅加薪，卻不一定能請到人。有「鞋都」之稱的福建晉江市，有超過 3000 多家造鞋企業，其中生產運動鞋的威利達輕紡，面對

的情況頗能說明問題。負責人林劍雄指出，2010年旗下工人的薪金已加了30%，但仍然很難聘請工人。在極端無奈下，甚至有企業想到送股份一招。

晉江奧金針織服裝公司在廠房的公告欄上張貼着《向全體員工贈送和獎勵股份實施方案》，表明公司計劃拿出目前已有資產大約10%作為股份，根據員工的技能高低和貢獻大小，贈送給全體員工，從每一個最普通的工人到高層管理人員，人人有份，希望以此來留住工人。

中西部民工不願離鄉

中國中小企業協會副會長周德文分析，以往的製造業中心都面對用工荒問題，主要因為當地的勞動密集企業，正面對中西部的強力挑戰。據國家統計局的監測，2010年東部地區民工，平均月入約1422元，中部為1350元，西部則1378元，「相差不到100元的待遇，你說為什麼民工還要長途跋涉去沿海打工」？結構性勞工短缺問題，已成為繼融資難後，另一困擾中國中小企的難題。

滙率狂飆　原料瘋漲　陰乾中小企

資金鏈斷裂像一條導火線，將中國製造業引入絕境，而論其「始作俑者」，則是原材料價格和人民幣滙率的大幅飆升。自2008年底至2011年中，石油、銅、鋁、鋅、棉等國際大宗商品價格一路高漲五成至二倍不等，急速推高企業成本；與此同時，人民幣兌美元滙價兩年上升5%，直接蠶食企業利潤。在當前銀根收緊的宏觀環境下，接單、議價處於弱勢的中小企業，正被一步一步逼向絕境。

走訪長三角、珠三角、福建沿海各工業重鎮，大小企業無論是民營或外資，勞動密集型或高新科技型，所共同面對的經營掣肘即是「難抗原料價格飆升」。浙江溫州打火機商主要用的銅，從2009年初的每噸3萬元（人民幣，下同），漲至7萬元；福建晉江製鞋、服裝商主要用的棉，單在2010年中至2011年中已漲近40%；廣東東莞包裝材料商需要的五大通用塑膠，由2008年底開始，亦跟隨國際油價倍增。

位於惠州市潼湖鎮永平開發區的一家泡沫板材廠，去年將生產規模縮減了三分二，廠長李先生表示，生產所需的可發性聚苯乙烯（EPS）和用作燃料的煤炭，兩年內價格累計升逾三成，採購成本佔總銷售額約八成，企業淨利潤不足3%。「這行太難做，全鎮去年還有100多家企業，現在只剩下80多家。」

競爭激烈無力議價

與價格上揚相比，原料價格大幅波動對企業衝擊更大。溫州打火機協會會長黃發靜形容，原料價如脫韁野馬，無法掌控，極難預測，「打火機主要材料的鋅在2011年初時猛漲至每噸2.2萬元，我們趕緊採購存起，生怕再漲，沒想到2011年中卻大跌5000元，大部分所接的訂單變成虧損。」事實上，除了採購原料，製造企業各方面的生產成本，如煤、電、水、運輸四大費用及人工支出均在擴大，「電荒」更是雪上加霜。然而，在行業競爭愈發激烈之下，接單和議價弱勢的中小企業，根本無力抬高客戶訂價。

「我們不敢將成本增幅轉嫁客戶，擔心流失訂單，變相減少生意，加速企業走向末路。」在泉州經營背包的張先生無奈地說。棉紗顏料每年

至少上漲20%，政府又要求節能減排，大範圍限電，導致企業產量下降，再加上人工成本，已毫無利潤可言。

人幣升值「吃光」利潤

更為嚴重的是，對於中國數以萬計的出口導向型企業而言，他們絞盡腦汁開源節流，爭取回來的微薄利潤卻被一個箭步竄高的人民幣滙率「吃個清光」。彭博資料顯示，2010年6月19日人民幣滙改重啟至2011年中，一美元對人民幣的滙率由6.82變成6.4757，人滙漲幅超過5個百分點。

東莞作為廣東省第二大外貿出口城市，出口總額佔全省比重近兩成，其中港商、台商等外商貢獻良多。東莞市企石投資企業協會負責人劉鳳娟表示，全鎮逾200家外企，大多從事出口，但人民幣升值侵蝕利潤，有會員2011年初簽訂的訂單，年中已輸掉2至3個百分點利潤。

該區一家生產塑膠食品包裝盒的日資廠負責人鄧國良坦言，工廠產能利用率接近100%，卻一直處於虧損狀態，「我們的出口佔銷售比50%，單出口至香港的滙率差額，就令每年損失3個點利潤。」中國是國際大宗商品主要進口國之一，製造業對進口原材料依賴度極高，經濟師廖群指出，短期內人民幣升值的負面影響，將遠遠大於抑制輸入性通脹的正面作用，對中國出口企業的打擊將愈來愈沉重。

國企圈錢　轉貸賺息　宰中小企

內地體制上的歧視根深柢固，國企和外資獲得政策扶持，而中小企的地位就長期處於二者的擠壓之中，難以得到公平的發展機會。有企業形容，「中小企像『二娘』生的，什麼都得靠自己，沒有『家庭溫暖』。」資本市場幾乎成了國企「圈錢」的場所，資金充裕的大型企業，則透過私人公司將資金轉貸予中小企，從中賺取可觀的利息，借貸回報或甚於自家生意。「貧者愈貧，富者愈富」，改革開放後中國經濟中最具活力的中小企，面臨「國進民退」的危機。

根據中國中小企業協會統計，2011年中內地中小企業超過1000萬家，佔企業總數90%以上，提供了近80%的城鎮就業崗位，納稅額為國家稅收總額的近50%。中小企業在解決就業、保持經濟平穩增長等方面具有舉足輕重的作用，假若他們得不到更好的發展空間，走向末路，內地經濟難免會遭受重大影響。

「小媳婦」難敵超國民待遇

然而，內地體制對外資和國企都實行「超國民待遇」，反觀對待中小企業則實行「小媳婦待遇」。

中國中小企協會副會長周德文認為，中小企面臨的困難是制度性的不公平，「民企與國企甚至和外資相比，簡直是非國民待遇，什麼都比別人差。」他指出，無論在產業政策上的優惠，稅收待遇，以及銀行融資等領域，民企尤其中小企都受歧視。

事實上，在銀根收緊下，國企和上市的大型企業可到資本市場融資，以解資金荒問題，中小企業就需自覓渠道救亡，有的變賣房屋，有的「投靠」典當行等民間借貸公司，承受高達20厘至30厘的利息。在泉州經營塑膠製品的吳先生申訴，不少民間借貸公司背後老闆就是那些國企或大型企業，「這裏的人都知道，著名如恒安（01044）及安踏（02020）等企業，也有涉及民間借貸，把多餘的資金拆借予中小企業，從中賺取更高的利息。我們向他借貸，每年向他們繳付利息，就像是幫他們打工一樣，有錢的愈有錢，窮的就愈窮！」他憤怒地說。

「像二娘生沒家庭溫暖」

溫州的日豐打火機廠董事長黃發靜甚至形容，「中小企像『二娘』生的，什麼都得靠自己，沒有『家庭溫暖』。」他稱，中小企去銀行借錢，沒有熟人介紹或做擔保，就是跪着求都借不到，每到收稅季節，國稅、地稅局又如狼似虎。儘管中央已經將以往的內、外資稅收合一，民營中小企的稅負相對顯得公平；不過，由於中央對個別產業有特別的扶持政策，例如在風電、新能源等都有稅收減免，然而符合條件的卻又是大型國企，故此實際上中小企稅負，較之大國企還高。

除此不公平外，在經營活動中，中小企業亦為弱勢一方，常常在採購和接單方面「兩頭受氣」。東莞一間員工不到百人的裝飾品廠反映，同業工廠競爭激烈，小廠採購規模小，原料價格就高；在向貿易商接單時，有些集團企業財大氣粗，故意拿下虧本生意，以擴大市場佔有率，「但同樣250萬美元的訂單，大廠虧本25萬美元只是小痛小癢，而對我們而言，就是死路一條。」不少中小企只能通過壓縮生產成本及產品多元化，來爭搶訂單。

「中國製造」(Made in China)正在告急，飽受衝擊的中小企業似乎引起中央關注。人民銀行及中國銀監會2011年中發出通知，鼓勵銀行向中小企業提供貸款，其中人行曾連續3個星期向市場投放逾2000億元（人民幣‧下同），為中小企資金鏈減壓。有廠商形容，現時處境就像「穿平跟鞋的民企與穿高跟鞋的國企不公平競爭」，生存艱難，已是不爭的事實，只有期望中央可透過加強政策彈性，從根本上化解中小企業的經營困境。